岩 波 文 庫

32-792-4

七 つ の 夜

J. L. ボルヘス著
野 谷 文 昭 訳

SIETE NOCHES

by Jorge Luis Borges

First published 1980 Fondo de Cultura Económica, Mexico City.

This Japanese edition published 2011
by Iwanami Shoten, Publishers, Tokyo
by arrangement with The Wylie Agency (UK) Ltd, London
through The Sakai Agency, Tokyo.

目次

第一夜　神　曲

紳士、淑女のみなさま

ポール・クローデルはポール・クローデルの名にふさわしくないあるページに、肉体の死の向こうで私たちを待ち受けている光景は、ダンテが「地獄篇」、「煉獄篇」、「天国篇」において示しているのとは恐らく似ていないだろうと記しています。このクローデルの不可思議な意見は、それを除けばとても見事な論考の中に出てくるのですが、これにはいくつかの評釈が加えられるでしょう。

まず、この意見が、ダンテのテクストが強度を備えていること、つまり彼の詩のどれかを読んだ後そしてそれを読んでいるときに私たちは、彼があの世をその詩に描いている通りに想像していたのだと思いがちであることの証明になっています。私たちはこう思わざるをえない。ダンテは、自分が死ねば、地獄の逆さにそびえる山、煉獄の段丘、天国の同心円の空に遭遇するだろうと想像し、さらに影たち(古典時代の影たち)と口をきくだろう、そして影たちのいくつかはイタリア語の三行連句《テルセート》で自分と会話を交わすだろうと想像していたのだと。

この考えは明らかに不合理です。クローデルの意見は、読者が論理的に導き出すことではなく(なぜなら論理的に考えればそれが不合理であることに気づくはずだから)、読者が感じ取ることであり、それはまた読者を歓びから、作品を読むことの激しい快楽から遠ざけてしまいます。

彼の意見に反論するための証拠はいくらでもある。そのひとつがダンテの息子による証言です。彼は自分の父親が、地獄のイメージを通じて罪人の生活を、煉獄のイメージを通じて悔悛者の生活を、そして天国のイメージを通じて行い正しき人々の生活を示そうとしたのだと言っている。彼は文字通りに読んではいない。しかもカン・グランデ・デッラ・スカラに宛てた書簡の中に、ダンテ自身による証言があるのです。

この書簡は贋作《がんさく》とみなされてきましたが、いずれにせよダンテよりはるかに後のものではありえず、とにかく彼の時代に書かれたものとして信用することはできます。その中に『神曲』は四通りの読み方ができると述べられている。その四通りの読み方のうちのひとつが文字通りに読む方法、そしてもうひとつが寓意的に読む方法で、後者によれば、ダンテは人間の象徴、ベアトリーチェは信仰の、ウェルギリウスは理性の象徴ということになります。

複数の読みが可能なテクストという趣向は中世特有のものです。盛んに中傷されてきたこの複雑な中世から、ゴシック建築が生まれ、アイスランドのサガ、あらゆることが議論の俎上《そじょう》にのぼせられているスコラ哲学、そしてとりわけ『神曲』が生まれ、これを私たちはいまだに読み続け、驚嘆し続けている。それは私たちの死後、私たちが永遠の眠りに就いた後もずっと生き長らえ、その時代ごとの読者によってさらに豊かなものとなるのです。

ここでスコトゥス・エリウゲナのことを思い起こしてみるといいでしょう。彼は、聖書が無数の意味を内包するテクストであり、孔雀の玉虫色の尾羽と比較できると言います。

ヘブライのカバラ主義者は、聖書は信者ひとりひとりのために書かれたのだと主張しました。このことは、テクストの作者と読者の作者が同一すなわち神であると考えれば、信じられなくはない。ダンテには彼が私たちに提示しているのが死の世界のリアルなイメージであるということを想像する理由がなかった。確かに彼にはそんなことは考えられなかったのです。

とはいえ、そうした無邪気な考え、私たちは本当の話を読んでいるのだと考えることは、都合のよいことでもあります。私たちが読書に夢中になるのに役立つからです。自分について言えば、私は享楽的な読者で、ある本をそれが古いからという理由で読んだことはありません。私が本を読むのは、美学的感動を与えてくれるからであり、解説や批評は黙殺してきました。初めて『神曲』を読んだとき、私は夢中になってしまったのですが、私はそれを、知名度において劣る他の本を読むのと同じ方法で読んだのです。私が『神曲』との個人的な付き合いについてご披露しようと思うのは、この親密な雰囲気の中にあって、私はみなさまがた全員とではなくひとりひとりとお話ししているからであります。

すべては独裁*の直前に始まりました。私はアルマグロ地区にある図書館に勤めていました。住んでいたのはラス・エラス大通りとプエイレドン通りの交差点で、その北の地区からアルマグロ南《スール》までの長い道のりを、のろのろ走る人気《ひとけ》のない市街電車に乗って、ラプラタ大通りとカルロス・カルボ通りの交差点にある図書館に通わなければなりませんでした。偶然にも(偶然というものは存在しないこと、私たちが偶然と呼んでいるのは因果関係の複雑な仕組に対する私たちの無知であるということは別にして)、私はミッチェル書店で小さな三巻本を見つけました。今はもうなくなりましたが、いくつもの思い出のある本屋です。その三巻本(お守りとして一冊持ってくるべきだったかもしれません)は、後でお話しするトマス・カーライルとは別のカーライルによって英語に訳された『地獄篇』、『煉獄篇』そして『天国篇』でした。デント社から出版されたそれらの本はとても便利で、ポケットの中に収まりました。一方のページにイタリア語のテクストがあり、反対側のページに英語の逐語訳がありました。そこでこんな運用法《モドゥス・オペランディ》を思いついたのです。つまり、まずある一節、三行連句《テルセート》を英語の散文で読み、それから同じ一節、同じ三行連句をイタリア語で読む。こうして曲《カント》の最後まで行き着く。次に曲全体を英語で読み、その後イタリア語で読むのです。そんなふうにして最初に読んだとき、私は、翻訳は原文の代替物とはなりえないことを理解しました。いずれにせよ翻訳に可能なことは、読者を原作に近づける仲介、動機となることであり、これは特にスペイン語の場合に当てはまります。『ドン・キホーテ』のどこかでセルバンテスは、トスカーナ語をオチャーボ硬貨二枚分ほど(ほんの少し)知っていればアリオストが分かると言っていたと思います。

ところで、そのオチャーボ硬貨二枚分のトスカーナ語が、イタリア語とスペイン語の類縁性のお蔭で私に与えられたのです。そこで気づいたのは、詩歌とりわけダンテの偉大な詩は、それが述べていること以上の何かだということです。詩には様々な属性があり、多くの場合翻訳不可能な抑揚でもあれば強弱でもある。私はそのことに最初から気づいていました。天国の頂《いただき》、誰もいない天国の頂のところまで読み進んだとき、ダンテがウェルギリウスに置き去りにされ、独りぼっちになって彼を呼ぶそのときに、私は英語のテクストに時折目をやるだけでイタリア語のテクストが直接読める気がしました。こうして私はのんびりとした市街電車の旅で三巻の本を読み上げたのです。その後、他の版も読みました。

私は『神曲』を何度も読んでいます。実のところ私はイタリア語ができません。分かるのはダンテから教えられたイタリア語と、その後『狂乱のオルランド』を読んだときにアリオストから教えられたイタリア語だけです。それからもちろん、もっともやさしいクローチェのイタリア語も。クローチェの本はほとんどすべて読みましたが、常に彼の意見に同意できるわけではありません。けれどもその魅力は感じる。魅力というのは、スティーヴンソンが言ったように、作家が備えていなければならない本質的な特性のひとつです。魅力がなければ、他のことはすべて無駄になってしまいます。

私は様々な版で『神曲』を繰り返し読むとともに、解説を楽しんできました。それらの版の中でも特に記憶に残るのが、モミリャーノ版とグラベール版です。それからヒューゴ・スタイナーの版も覚えています。

私はあらゆる版を手当たり次第に読み、この多面性を備えた作品の多種多様な解説・評釈を読んだ結果、次のことを確認しました。つまり、もっとも古い版では神学的な解説が圧倒的に多く、十九世紀の版では歴史的解説が、そして今日では、ダンテの最大の美徳のひとつである各詩行のアクセントのつけ方に注意を促させるような美学的解説が優勢であるということです。

ダンテはミルトンと比較されてきました。しかしミルトンにはただひとつの音楽しかない。すなわち英語で「気品ある文体《サブライム・スタイル》」と呼ばれるものです。その音楽は常に同じで、登場人物の感情を越えたところにある。それにひきかえダンテの場合は、シェイクスピアの場合と同様、音楽は常に感情に対応している。主要なのは抑揚とアクセントの置き方で、それぞれの句《フレーズ》は読まれねばならず、それも大きな声で読まれるのです。

大きな声で読まれると言ったのは、本当に素晴らしい、見事な詩歌を読むとき、私たちは大きな声でそうする傾向があるからです。見事な詩歌というものは、小さな声で読んだり黙読することを許しません。それができるとすれば、有効な詩句ではない。つまり詩歌は発音される必要があるのです。詩歌はそれが書かれた芸術である以前に口誦芸術であったこと、曲《カント》であったことを常に思い起こさせます。

そのことを確証する句が二つあります。ひとつはホメーロスの句もしくは私たちがホメーロスと呼んでいる複数のギリシア人の句で、それは『オデュッセイア』の中でこう言っています。「神々は、来るべき世代が何か歌うことを持てるように、人間たちに不幸を用意する。」もうひとつは、ずっと後になりますが、マラルメの句で、ホメーロスが言ったことを、ホメーロスほど美しくはありませんが、繰り返しています。tout aboutit en un livre.(すべては一冊の本となる)。両者の相違は次のとおりです。ギリシア人のほうは歌う世代のことを語っているのに対し、マラルメはある物、いくつもある中のひとつの物、すなわち一冊の書物について語っている。だが、考えは同じです。その考えとは、私たちは芸術のために作られている、私たちは記憶のために作られている、私たちは詩のために作られている、あるいはおそらく私たちは忘却のために作られているというものです。しかし何かが残る、そしてその何かが歴史もしくは詩なのですが、両者に本質的な違いはありません。

カーライルや幾人かの批評家は、強度はダンテのもっとも顕著な特徴であると言っています。そこで仮に彼の詩の百曲を考えた場合、詩人にとっては光であり私たちにとっては影である「天国篇」の何カ所かを別にすれば、その強度が弱まらないということはまさに奇跡のようです。他の作家の詩でこれに似た例は思い出せません。唯一の例外はたぶんシェイクスピアの『マクベス』で、これは三人の魔女、生死を司る三女神もしくは不運をもたらす三姉妹から始まって主人公の死に至るまで続きますが、強度が弛《ゆる》むことは一瞬たりともありません。

ここでもうひとつの特徴を思い出してみましょう。すなわちダンテの繊細さです。私たちは常にフィレンツェ生まれの陰気臭くもったいぶった詩のことを考え、それが歓びや快楽、上品な美しさに満ちた作品であることを忘れてしまう。けれどその上品な美しさは作品の構成の一部なのです。たとえば、ダンテは幾何学の本を読んで、立体の中で立方体がもっとも堅固であるということを知ったのでしょう。これはなんら詩的なところのない月並な所見です。しかしながらダンテはそれを不幸を耐え忍ばねばならない人間の暗喩として用いる。buon tetragono ai colpi di fortuna.（人は優れた四角形、立方体であるが、それは本当に不思議なことだ）。

もうひとつ思い出すのが、矢についての奇妙な暗喩です。ダンテは、弓を残して的に当たる矢のスピードを私たちに感じさせようとします。彼は矢が的に突き刺さり、弓を離れ、弦を後にすると言っている。初めと終わりを逆にして、そうしたことがいかに速く生起するかを示すのです。

私の記憶に常に留まっている詩があります。それは「煉獄篇」の第一曲で、例の朝、南極にある煉獄の山で迎える信じがたい朝について歌っている。地獄の汚濁と悲しみと恐怖から脱け出たダンテが dolce color d'oriëntal zaffiro と言うのです。ここの詩行は声に出してゆっくりと読まなければならない。「オリエンタール」と読むのです。

dolce color d'oriëntal zaffiro
che s'accoglieva nel sereno aspetto
del mezzo puro infino al primo giro.

東方のサファイアのうるわしい色は
うららかな大空の顔を染めかけて
第一円にいたるまで澄みわたり

この詩句の不思議なメカニズムについて少々考えてみましょう。ただし「メカニズム」という言葉が、私が言おうとすることに対して硬すぎなければの話ですが。ダンテは東の空を描写し、曙光を描写し、そして曙光の色をサファイアの色にたとえています。彼はそれを「オリエンタール・ザッフィロ」、東方《オリエンテ》のサファイアと呼ばれる宝石にたとえるのです。「東方のサファイアのうるわしい色は」には鏡の遊びが見られます。というのも東方《オリエンテ》はサファイアの色によって説明され、そのサファイアは「オリエンタール・ザッフィロ」だからです。つまり、それは「オリエンタール」という言葉の豊かさを備えたサファイアであり、いわば、ダンテが知らなかったにもかかわらずそこに存在していた『千一夜物語』に満ちているのです。

ここで「地獄篇」の第五曲の最後にある有名な句も思い出してみましょう。e caddi come corpo morto cade.（倒れ伏した、死体がどうとくずれ落ちるように）。どうして倒れる音が聞こえるのでしょうか。それは「倒れる」という言葉が繰り返されるからです。『神曲』の全体にこの種の巧みな表現が用いられています。けれどこの詩を支えているのは、それが物語になっていることです。私が若いころ、物語的なものは挿話と呼ばれて蔑まれていた。詩とはそもそもの始まりが物語であり、詩の根源には叙事詩があり、叙事詩は詩のジャンルとしてもっとも重要であり、そして物語的であるということが忘れられていたのです。叙事詩には時間があります。叙事詩には「以前」、「最中」そして「以後」がある。それらすべてが詩の中に存在するのです。

私は読者に、教皇党と皇帝党の不和のことを忘れること、スコラ哲学を忘れること、神話の引喩やダンテが反復するウェルギリウスの詩、それはラテン語のオリジナル同様素晴らしく、ときにはオリジナルを凌ぐことさえあるのですが、それらさえも忘れることを勧めます。少なくとも最初は物語を追うほうがいい。もっとも、誰でもそうせずにはいられないと思いますが。

では物語の中に入ることにしましょう。それもほとんど魔術的に、というのも今日では何か超自然的なことが語られるのは、疑い深い作家がこれも疑い深い読者を相手にするからで、作家は超自然的なことを用意しなければならないのです。ところがダンテにはその必要がありません。Nel mezzo del cammin di nostra vita / mi ritrovai per una selva oscura. すなわち、三十五歳のとき、「私は暗い森の真っ只中にいた」とありますが、この森は寓意的なものでしょう。しかし私たちはそれを物理的な存在として信じます。三十五歳が人生半ばというのは、聖書が分別ある人間に齢七十を勧めているからです。それ以後はすべて不毛、英語で言う bleak であり、もはやすべては悲しみと不安にすぎないとされている。したがってダンテが nel mezzo del cammin di nostra vita（人生の旅路半ばにして）と書くとき、彼は空疎なレトリックを使っているのではない。彼は私たちに幻視の日付、三十五歳のときという日付を正確に語っているのです。

私はダンテが幻視家だったとは思いません。幻視というのは短時間しか続かない。『神曲』のそれのように長い幻視は不可能です。『神曲』の幻視は自発的なものです。従って私たちは詩的信心によってそれに身を委ね、それを読まなければならないのです。詩的信心とは不信心を自発的に中断することだとコールリッジは言いました。演劇の上演を前にするとき私たちは、舞台にいるのは扮装した人間で、彼らは自分たちに与えられたシェイクスピアやイプセンあるいはピランデッロの言葉をその口を通じて繰り返しているのだということを知っています。しかし私たちは、それらの人々が扮装していないということを受け入れる。扮装を施し、待合室でゆっくりと復讐について独白しているあの男は、本当にデンマーク王子、ハムレットなのだ、と。私たちは身を委ねるのです。映画の場合、手順はもっと奇妙です。なぜなら私たちが見ているのはもはや扮装した人間ではなく、扮装した人間の写真であるにもかかわらず、上映が続く間私たちは彼らの存在を信じているからです。

ダンテの場合、何もかもがあまりに生き生きとしているので、私たちは彼が、天動説に基づく地理学や、他の天文学は無理でも天動説に基づく天文学を信じられたのと同様、あの世を信じられたのではないかと想像するようになります。

ポール・グルーサック*によって指摘された事実のお蔭で、私たちはダンテを深く知ることができます。その事実とは、『神曲』が一人称で書かれているということです。それは単なる文法的技巧ではありません。「彼らは見た」あるいは「こうであった」と言う代わりに「私は見た」と言うことを意味しているのではない。もっとそれ以上のこと、ダンテが『神曲』の登場人物のひとりであることを意味しているのです。グルーサックによれば、それは新しい特色でした。ダンテの前に、聖アウグスティヌスが『告白録』を書いていることを思い出しましょう。しかしそれらの告白はまさにその見事なレトリックによって、ダンテのように私たちにとって身近ではない。というのもこのアフリカ生まれの人物の見事なレトリックが、彼が言いたいことと私たちが聞くことの間に介在してしまうからです。

レトリックが介在するということは、残念ながら頻繁に見られます。レトリックはひとつの橋、ひとつの道であるべきなのですが、それはときに壁となり障害物となる。このことはセネカ、ケベード、ミルトンあるいはルゴーネスのようにきわめて異なる作家たちにも見受けられます。いずれの場合にも、彼らと私たちの間に言葉が介在するのです。

私たちはダンテを彼の同時代人よりも親しく知っています。ダンテの夢であるウェルギリウスが彼を知っていたのと同じくらい私たちも彼をよく知っていると言えるほどです。ベアトリーチェ・ポルティナーリが彼を知りえた以上であることは確かですし、他のいかなる同時代人よりも私たちは間違いなくダンテをよく知っている。彼は物語の外に身を置くと同時に物語の中心にいます。すべてのことは彼によって見られるだけでなく、彼自身も参加します。ですがこの役割は、彼が描写していることと常に一致しているわけではない。そしてこのことは概して忘れられがちなのです。

私たちには地獄に怯えるダンテが見えます。彼は怯えなければならない。なぜなら、彼が臆病だからではなく、私たちに地獄を信じさせるためには彼が怯える必要があるからです。ダンテは怯えている、彼は恐怖を感じ、様々な物事について意見を述べます。その意見を私たちは、彼が言っていることからではなく、彼の言葉にある詩的なもの、抑揚、強弱によって知ることができるのです。

次はもうひとりの人物です。実際、『神曲』には登場人物が三人いるのですが、今は第二の人物についてお話ししましょう。それはウェルギリウスです。ダンテは私たちに二つのウェルギリウス像を抱かせることに成功しました。ひとつは『アエネーイス』もしくは『農事詩《ゲオールギカ》』から得られる像であり、もうひとつはもっと親しい像で、ダンテの詩、敬虔な詩から得られるものです。

文学のテーマのひとつに友情があります。それは現実のテーマのひとつでもありますが、私に言わせれば、友情は私たちアルゼンチン人の情熱なのです。文学には多くの友情が見られます。文学は友情によって織り成されています。私たちはいくつかの例を思い出すことができる。もちろんドン・キホーテとサンチョ・パンサの例があります。あるいはアロンソ・キハーノとサンチョと言ってもいい。なぜならサンチョにとってアロンソ・キハーノはアロンソ・キハーノであり、最後になって初めてドン・キホーテになるからです。当然ながら、辺境で姿を消す我らが二人のガウチョ、マルティン・フィエーロとクルス*を挙げてもいいし、老ガウチョとファビオ・カセレス*を挙げることもできます。友情というのはごくありふれたテーマですが、一般に作家は二人の友人を対照的に描く傾向があります。忘れていましたが、キムとラマ僧*という名高い二人の友人もまた対照をなしています。

ダンテの場合、方法はもっと洗練されています。それは対照をなしてはいない。ただし親に対する子供のような態度は見られます。つまりダンテはウェルギリウスの息子となるのですが、しかし同時に彼はウェルギリウスを越えてもいる。というのは自分が救われると信じているからです。幻視が与えられたからには恩寵を得られる、あるいはすでに得られたと思っているのです。ところが彼は『地獄篇』の最初から、ウェルギリウスが迷える魂、神に見捨てられた人間であることを知っている。ウェルギリウスが煉獄から先は同伴できないと言うと彼は、この古代ローマ人は恐ろしい「高貴な城《ノビレ・カステッロ》」の永遠の住人であると気づきます。その城には古典時代の偉大な死者の亡霊たちがいるのですが、彼らは克服不可能な無知のためにキリストの言葉が得られなかったのです。まさにそのときダンテはこう言います。Tu, duca ; tu, signore, tu, maestro . . .（「あなたは導者、主《あるじ》にしてわが師……」）その瞬間を取り繕うために、ダンテは彼に素晴らしい言葉で挨拶し、自分に彼の本を求めさせることになった長い勉学のことや大恋愛のことを話す。そしてこのような関係が二人の間で常に保たれるのです。ウェルギリウスの顔付が本質的に寂し気なのは、自分が神のいない「高貴な城」に永遠に住まうことを宣告されているのを知っているからです……。それにひきかえダンテのほうは、神に会うことを許される、宇宙を理解することを許されるのです。

このようにまず二人の人物がいます。それから何百、何千そして無数の人物が登場する。彼らは挿話的人物と言われていますが、私なら永遠の人々と言うところです。

ある人物のことを私たちに知らしめるために、現代小説は五、六百ページを必要とします。しかもそれが可能であればの話ですが。ところがダンテの場合はわずか一瞬で足りる。その一瞬で人物は永遠に定義されるのです。ダンテは無意識のうちにその中心的瞬間を捜し求めます。私も多くの短篇で同じことをしようとしましたが、その都度中世におけるダンテの発見、ある瞬間を人の生の暗号として示すことの発見に感嘆させられてきました。ダンテには、いくつかの三行連句で生を歌われる人物たちが登場しますが、しかしながらその生は永遠のものなのです。彼らはひとつの言葉、ひとつの行為の中に生きているだけで、それ以上明確にされることはない。彼らは曲の一部なのですが、しかしその部分は永遠である。彼らは人々の記憶や想像力の中で生き続け、新しくなっていくのです。

ダンテには二つの特徴があるとカーライルは言いました。もちろんもっとあるのですが、本質的なのは二つで、優しさと厳しさがそれです(優しさと厳しさが対立せず、相反しなければの話ですが)。一方にダンテの人間的優しさがある。シェイクスピアならそれを the milk of human kindness (人間の優しさという乳)と呼ぶでしょう。もう一方に、私たちは厳しい世界の住人である、秩序が存在するという知識がある。その秩序とは「他者」、第三の語り手に対応しています。

二つの例を思い出してみましょう。まず、もっともよく知られた『地獄篇』中の挿話、第五曲のパオロとフランチェスカの挿話を取り上げます。私はダンテが語ったことを要約するつもりはありません——ダンテがそのイタリア語で永遠に語ったことを別の言葉で語るのは私にとって不敬となるでしょう——、そこでただ情況を思い起こすだけにしたいと思います。

ダンテとウェルギリウスは第二圏(記憶が正しければ)に着き、そこで魂たちの旋風を目の当たりにし、罪の腐臭、罰の悪臭を感じます。不快な物理的情況もあります。たとえばミノスがいる。ミノスは亡者が第何圏に堕ちねばならないかを示すために自分の体に尻尾を巻きつけるのです。それが醜悪なのは意図的で、地獄では美しいものは一切ありえないと考えられているからです。好色な者たちが苦しみ悶えているその圏に着くと、そこには偉大な名前の著名人たちがいます。私が「偉大な名前」と言ったのは、この曲を書き始めたときダンテはまだその技巧を完成させてはおらず、登場人物たちをその名前以上の何かとして示すことができなかったからです。けれどもそのことは、彼が「高貴な城」を描写するのに役立ちました。

私たちは古代の偉大な詩人たちを見ます。その中には剣を手にしたホメーロスがいる。彼らは言葉を交わしますが、繰り返すのに適当な言葉ではない。黙すほうがいい。なぜなら、すべてリンボへ堕ちねばならない者たち、決して神の顔を見ることのない者たちのあの恐るべき慎みこそがふさわしいからです。第五曲まで読み進めると、そこではダンテが大発見をします。彼が死者たちの魂に気づき、彼らと会話を交わし、彼らを裁くという可能性の発見です。だが、彼は裁きはしない。彼は自分が審判者ではないこと、審判を下すのは「他者」、第三の語り手、神であることを知っているのです。

さて、そこにはホメーロス、プラトンをはじめ著名な偉人たちがたくさんいるのですが、ダンテは自分が識《し》らず、さほど有名でない、同時代の世界に属する二人の人物がいるのを見る。それはパオロとフランチェスカです。彼はその二人の姦通者がいかにして死んだのかを知っていて、彼らを呼ぶ。すると二人はやってきます。ダンテは私たちにこう語っています。Quali colombe dal disio chiamate.（鳩が欲望に誘われるごとく）。私たちは神に見棄てられた二人の前にいる。そしてダンテは彼らを、欲望に魅せられた二羽の鳩に喩える。というのは官能性もまたこの場面の本質的な部分をなさなければならないからです。二人は彼のところへ近づいてくる、そして唯一口のきけるフランチェスカ（パオロは口がきけません）が彼に、二人を呼んでくれたことの礼を言い、次のような痛ましい言葉を吐くのです。Se fosse amico il Re dell'universo / noi pregheremmo lui per la tua pace,「もしも宇宙の王が友であったなら（宇宙の王と言うのは神と言えないからで、神の名は地獄と煉獄では禁じられています）、あなたの平安を祈願するものを」、なぜならあなたは私たちの不幸を哀れんでくれるからだと。

フランチェスカは自らの身の上を話します。彼女は二度語っている。一度目は遠慮がちな話しぶりですが、しかしパオロを変わらず愛していることを力説します。地獄では後悔することは禁じられている。彼女は自分が罪を犯したことを知っていて、自分の罪に対して誠実であり続け、このことが彼女に英雄的な威厳を与えています。後悔したり、起きたことをこぼしたりするのは、彼女にとってひどく辛いことでしょう。フランチェスカは罰が公正であることを知っていて、それを受け入れ、そしてパオロを愛し続けるのです。

ダンテはあることを知りたがっている。Amor condusse noi ad una morte.(恋は我らをひとつの死に導いた)。パオロとフランチェスカは一緒に殺されました。ダンテは姦通に興味を惹かれません。二人がどのようにして見つかり、処刑されたのかということにも興味を惹かれない。彼が興味を抱くのはもっとプライベートな事柄で、二人は自分たちが愛し合っていることをどのようにして知ったのか、いかにして二人は愛し合うようになったのか、甘いため息を吐く時がどんな風にして訪れたのかを知ろうとする。そこで問いかけるのです。

ここで少々脇道にそれて、「地獄篇」の第五曲に着想を得たことが明らかな、レオポルド・ルゴーネス*の詩のおそらく最良と思われる一節を思い出してみたいと思います。

それは一九二二年作の詩集『黄金の時間』に収められたソネットのひとつ「幸福な魂」の最初の四行連です。

あの日の午後も半ばを過ぎて
いつもの別れの挨拶を君に言いかけると
君と別れる漠とした辛さが
君を愛していると教えてくれた

もっと劣った詩人なら、女性と別れるときに男性は大きな悲しみを味わうと言ったでしょう。二人は滅多に会えないのだと。それに対しこの詩の「いつもの別れの挨拶を君に言いかけると」という行はぎこちないけれど、それは構わない。なぜなら「いつもの別れの挨拶」と言うことは、二人が頻繁に会っていることを表わすからで、だからこそ「君と別れる漠とした辛さが／君を愛していると教えてくれた」となるのです。

このテーマは本質的には第五曲のそれと同じです。すなわち、愛し合っていることに気づく二人、そのことが分からなかった二人というものです。ダンテが知りたいのはそれで、どうしてそうなったのかを語ってほしいと願う。すると彼女は、ある日二人で気晴らしにランスロットの物語を読むとそこに彼が恋に苦しむ様が書かれていた、と語ります。そのとき彼らは二人きりでしたが、まったく疑いはしなかった。何を疑わなかったのでしょうか？　自分たちが愛し合っているかもしれないということです。彼らが読んでいた本は「ブルターニュもの」の中の物語で、サクソン人の侵入の後にフランスのブルトン人の想像力から生まれたもののひとつです。この手の本がアロンソ・キハーノの狂気の糧となり、そしてパオロとフランチェスカに罪ある恋を教えたのです。さて、フランチェスカが語るには、二人は時折顔を赤らめたりしていましたが、こんな瞬間が訪れます。すなわち、「待ち望んでいた微笑みが愛する人の口づけを受ける件《くだり》を、二人で読んだとき、私と永遠に離れることのないあの人は、私の口に唇を重ねたのです、うちふるえながら tutto tremante」。

この逸話全体を通じて感じられ、また逸話に美徳を与えていると思われながら、ダンテが言わないことがあります。ダンテは限りない憐憫を抱きながら二人の恋人の運命を語るのですが、私たちには彼がその運命をうらやんでいることが分かるのです。パオロとフランチェスカは地獄にいるが、ダンテはそこから逃れることができる。しかし、二人が愛し合っているのに対し、彼は自分が愛する女性、ベアトリーチェの愛を得ることができなかった。この件《くだり》にはダンテの虚栄心が窺えます。彼は自分の運命をむごいと感じざるをえない。なぜなら彼にはもはやベアトリーチェがいないからです。それにひきかえ、地獄に堕ちた二人は一緒にいる。話し合うことはできず、何の希望もなく、黒い旋風の中で舞っているだけである。ダンテは二人の苦しみが終わる望みについては一言も言っていません。が、二人は一緒にいるのです。彼女は話すとき、「私たち」という主語を使います。つまり二人のために話すのであり、これは二人が一緒であることの別の形なのです。彼らは永遠に一緒であり、地獄を共にする。そしてダンテにすればこのことは、一種の天国であったにちがいありません。

私たちはダンテが大いに感動したことを知る。それから彼はあたかも死人のごとく倒れるのです。

人は誰も人生のわずか一瞬において、永遠に自分を定義されてしまう。その瞬間に、人は永遠の自分に出遭います。フランチェスカを咎めるときのダンテは厳しいということが言われてきました。しかしそれでは「第三者」を無視することになる。神の考えが常にダンテの感情と一致するとは限らないのです。『神曲』が理解できない人々は、ダンテがこれを書いたのは、敵に復讐し、友人を称えるためだと言います。間違いもいいところです。ニーチェは誤ってこう言いました。ダンテは墓の間で詩を書くハイエナである、と。詩を書くハイエナというのは矛盾している。それにダンテは苦しみを楽しんではいません。彼は許されぬ大罪の存在を知っている。それらの罪のひとつにつきそれを犯した人物を選ぶのですが、いずれもその罪以外は賞讃あるいは崇拝に値する人物ばかりです。フランチェスカとパオロの場合は色欲だけで、他に罪はない。けれど彼らを罰するにはひとつの罪で十分なのです。

解読不可能なものとしての神の考えというのは、人類が遺したもうひとつの重要な書の中にすでに見出せる概念です。『ヨブ記』の中で、いかにしてヨブが神を咎《とが》め、いかにして友人たちが神を正しいとし、いかにして神がついにつむじ風から口をきき、神を正当化する者も神を非難する者も等しく拒否するかを、みなさまは覚えておいででしょう。

神は人間のいかなる分別も及ばぬところにいて、私たちが神を理解できるようにと、二つの驚嘆すべき例すなわち鯨と象のそれを用います。それらの怪獣を選ぶのは、私たちにとり、レヴィアタン〔リヴァイアサン〕やベヘモット〔ベヒモス、ビヒモス〕（この名前は複数で、ヘブライ語では多くの動物を意味します）*ほど奇怪ではないことを示すためです。神は人間のありとあらゆる判断を越えたところにいる、神自身が『ヨブ記』の中でそう言明しています。そして人間は神に屈服する、なぜなら神を裁き、正当化しようとしたからです。そんなことをする必要はない。神は、ニーチェの言葉を借りれば、善悪の彼岸にいる。範疇が違うのです。

かりにダンテと彼の想像する神が常に一致していたら、それは偽の神、単なる神の複製にすぎないことが判明したでしょう。そのかわりダンテは、ベアトリーチェが自分を愛してはいなかったこと、フィレンツェが忌まわしい都市であることを受け入れざるをえないのと同様、そして自分の追放とラヴェンナでの死を受け入れざるをえなくなるのと同様、その神を受け入れなければならない。彼が理解できないその神を崇めなければならないと同時に、この世の悪を受け入れなければならないのです。

『神曲』にはある人物が欠けています。あまりに人間的になってしまったであろうがために、登場させられなかったのです。その人物とはキリストです。彼は福音書と異なり『神曲』には現れない。福音書の人間的なキリストは、『神曲』が要求する三位一体の二番目の位格《ペルソナ》とはなれないのです。

ここでそろそろ二番目の逸話に移りたいと思います。私にとり、『神曲』中最高の逸話であるそれは、第二十六曲に出てくるユリシーズの逸話です。私は以前「ユリシーズの謎」という文を書いたことがあります。それは発表したのですが、その後なくしてしまったので、ここで復元してみることにします。私の考えでは、ユリシーズの逸話は『神曲』の中でもっとも謎めいている以上に、おそらく強度も最高でしょう。ただし、どの逸話が最高峰であるかを知るのは非常に難しい。『神曲』は最高峰の連なりでできているのです。

この第一回の講演のために『神曲』を選んだのは、私が文学者であり、文学のそしてあらゆる文学の頂点に立つのが『神曲』だと思うからです。しかしそのことは、この作品に含まれる神学や、キリスト教と異教が混在する諸々の神話と私の考えが一致していることを意味するものではありません。問題はそこにあるのではなく、これほど強烈な美学的感動を私にもたらした本は他にはないということなのです。そして、繰り返して言いますが、読者としての私は快楽主義者です。私は書物に感動を探し求めるのです。

『神曲』は私たちの誰もが読むべき本です。これを読まないというのは、文学が私たちに与えうる最高の贈り物を遠慮することであり、奇妙な禁欲主義に身を委ねることを意味します。『神曲』を読む幸福を拒む理由などあるでしょうか。しかも、読むこと自体困難ではない。難しいのは読みの背後にあるもの、すなわち様々な意見や論争です。が、この本そのものは純粋です。そして、中心人物のダンテがいる。彼はおそらく文学に描かれた人物の中でもっとも生き生きとした人物だと思います。それから他にも多くの人物が登場する。しかし、ここでユリシーズの挿話に戻りましょう。

二人は大きな穴のところにやって来る。たぶん八番目だったと思いますが、詐欺師たちのいる穴です。初めにフィレンツェに対する呼び掛けがあり、お前はその翼を空でも陸でも打ち振り、お前の名は地獄に広まっている、とうたわれます。それから二人は上からたくさんの火を見る。火、火焔の中には詐欺師たちの魂が隠れている。隠れているのは、彼らは隠れながら行動するからです。数多くの焔は動いて進み、ダンテはあやうく落ちそうになります。ウェルギリウスが、ウェルギリウスの言葉が彼を支えます。ダンテが焔の中にいる人物たちのことを話題にすると、ウェルギリウスは二人の偉大な人物の名を挙げる。ユリシーズとディオメデスの名前です。彼らがそこにいるのは、一緒にトロイの木馬の奇策を考え出し、ギリシア人が包囲された都市に入ることを可能にしたためです。

そこにはユリシーズとディオメデスがいて、ダンテは彼らと識《し》り合いたいと思う。そこでウェルギリウスに、その古代の著名な二人の亡霊たち、古代の名だたる偉大な英雄たちと話をしたいという気持ちを伝えます。ウェルギリウスは彼の望みを認めますが、相手の二人は立派なギリシア人なのだから自分に話させてほしいと彼に頼みます。ダンテは口をきかないほうがいいと言うのです。このことについては様々な説明がなされてきました。トルクアト・タッソーは、ウェルギリウスはホメーロスを越えたいと願ったのだと考えていました。しかしこうした疑いはすべてナンセンスであり、ウェルギリウスにふさわしくない。なぜならウェルギリウスはユリシーズとディオメデスのことを歌っているからで、ダンテが彼らを識ったとすれば、それはウェルギリウスのお蔭で二人のことを識ったからです。ダンテはギリシア人にとって蔑むべきアエネアスの子孫もしくは異邦人だから軽んじられたのかもしれないという仮説は忘れてかまいません。ウェルギリウスはディオメデスやユリシーズ同様ダンテの夢なのです。ダンテは彼らの夢を見ているのですが、あまりに生き生きとし、強度を備えた夢なので、（彼が与える声と形しか持ってはいない）その夢から、まだ『神曲』を書く前の取るに足らぬ人物である自分は見下されるかもしれないと考える可能性があります。

私たちと同じく、ダンテはゲームの中に入った。つまりダンテもまた『神曲』に騙されているのです。彼はこう考える。ここにいるのは古代の名にしおう英雄たちだが、私はつまらぬ一介の人間にすぎない。どうして彼らが私の言うことなど相手にしてくれようか。そのときウェルギリウスが彼らに、どのようにして死んだのかを語るように頼みます。すると目には見えないユリシーズの声が話し出す。ユリシーズには顔がありません。彼は焔の中にいるのです。

ここで私たちは驚異的なもの、ダンテによって創り出された言説に到達します。これは『オデュッセイア』や『アエネーイス』に含まれるあらゆる言説もしくは『千一夜物語』の中の、ユリシーズが登場するもうひとつの本すなわち『海のシンディバッド（船乗りシンドバッド）』に含まれることになるあらゆる言説よりも優れています。

ダンテは様々な事実からその物語を思い付きました。まず最初に、リスボンの都市《まち》はユリシーズによって創設されたと信じられていたことや、大西洋に幸運諸島が存在すると思われていたという事実がある。ケルト人は大西洋に奇怪な国々があると考えていました。たとえば天空を横切って流れ、魚や船に満ちていながらそれらが地上に落ちることのない川だとか、回転する炎の島だとか、青銅の猟犬が銀の鹿を追いかけている島がその例です。こうしたことのすべてについてダンテは何がしかの情報を得ていたにちがいない。が、重要なのは、彼がこれらの言説をどうしたかです。彼は本質的に高貴なものを生み出したのです。

ユリシーズはペネロペを後に残し、仲間を呼び集めると、諸君は年を取り疲れてはいるけれど、私と一緒に幾多の危険を乗り越えてきたのだと言い、彼らに高貴な企てを提案します。その企てとは、ヘラクレスの柱を越え、海を渡り、南半球を知るというものでした。当時南半球は水でできていると信じられていたため、そこに人がいるかどうかは分からなかったのです。彼は仲間に向かってこう言います。諸君は人間であって、獣ではない。諸君が生まれたのは、勇気のためであり、知識のためである。知るために、そして理解するために諸君は生まれたのだ、と。仲間たちは彼に従い、そして「櫂を翼とする」のです。

不思議なことにこの暗喩はダンテが知るはずのなかった『オデュッセイア』にも見られます。こうして彼らは船出して、セウタやセビーリャを後に、広々とした外海へ出て行くと、左のほうへ曲がります。左のほうへ、「左をめがけて」というのは、『神曲』では悪しきことを意味する。煉獄へ上るには右に行きますが、地獄に下るには左に行くからです。すなわち「左《シニエストロ》」側というのは「不吉な《シニエストロ》」側という意味でもある。二つの言葉が同時に含まれているのです。それから次の一節が語られます。「夜になると、もうひとつの半球のありとあらゆる星が見える。」もうひとつの半球とは星に満ちた私たちの半球、南半球のことです（アイルランドの偉大な詩人イェーツは、Starladen sky「星もたわわな空」のことを語っていますが、それは事実ではありません。私たちの半球と比べれば、北半球には星は少ししかないのです）。

一行は五カ月の間航海を続け、ついに陸地を見つけます。彼らが遠くに見たのは褐色の山で、これまで見たいかなる山よりも高かった。しかしユリシーズが語るには、喜びは嘆きに変わった、なぜなら陸地からつむじ風が吹いてきて、船が沈んでしまうからです。他の曲から判断すれば、その山は煉獄の山です。ダンテは煉獄がエルサレムの町のちょうど反対側にあると信じていました（ダンテは詩作のために、信じる振りをしたのです）。

さて、この恐ろしい瞬間にやってきて、ここで私たちは、なぜユリシーズは罰せられたのだろうかと考えます。例の木馬の策略のせいでないことは明らかである。というのも、ダンテにそして私たちに語られる彼の生涯の絶頂期というのはそのときではないからです。つまり原因は、禁じられたこと、不可能なことを識りたいというその高邁にして果敢な企てにあるのです。この曲にはなぜこんなに力があるのでしょうか。その問いに答える前に私の知る限りではこれまで指摘されてこなかった事柄をひとつ思い出していただきたいと思います。

それはもうひとつの偉大な書、私たちの時代の偉大な叙事詩である『白鯨』のことで、作者のハーマン・メルヴィルがロングフェローの翻訳で『神曲』を識ったことは確実です。その本には片足を失った船長エイハブの無謀な企てが描かれている。彼の望みは白鯨に復讐することです。そしてついに白鯨を見つけるのですが、白鯨は彼を海に沈めてしまいます。この大小説の結末はまさしくダンテのこの曲に一致している。すなわち海が彼ら一同を封じ込めてしまうのです。その個所でメルヴィルは『神曲』を思い出したはずです。もっとも私としては、彼はそれを読み、完全に忘れることができるほど消化吸収したと考えるほうを好みます。『神曲』は彼の一部になったにちがいない、そして後になってから何年も前に読んだものを再発見したのだ、と考えるのです。ストーリーはまったく一緒です。ただエイハブが崇高な目的ではなく復讐欲に衝き動かされている点で異なりますが。それにひきかえユリシーズは、最も高邁な人間として行動します。

その上ユリシーズは適切な判断力に訴えるのですが、それは知性と関係している。だから彼は罰せられるのです。

この挿話の悲劇性の度合いは何に負っているのでしょうか？　これについては有効な説明がひとつだけあると思います。それはこうです。すなわちダンテが、ユリシーズはある意味で自分であると感じたというものです。彼が意識的にそう感じたかどうかは知りませんが、それはさして重要ではない。『神曲』の三行連句のどれかで彼は、神の摂理による審判がどれなのかを知ることは誰にも許されてはいないと言っている。私たちは神の摂理による審判を予知することはできない、誰が罰せられ、誰が救済されるかを知ることは、誰にもできないのです。ところが彼は詩という方法で、その審判を敢えて見越してしまっていた。彼は地獄に堕ちた人々と選ばれた人々を私たちに教えます。そういうことをすれば危険を冒すことになるのを彼は知っていたはずです。解読しがたい神の摂理を自分が予想していることを知らなかったわけがない。

したがって、ユリシーズという登場人物にあのような強度があるのは、ユリシーズがダンテの鏡となっているからであり、おそらく自分もその罰に値するだろうとダンテが感じているからなのです。確かに彼はその詩を書きましたが、いずれにせよ、神秘的な夜の掟、神の、神性の掟を破っていたのです。

私のお話もいよいよ最後になりました。私がただひとつ主張したいのは、『神曲』というあの至福の書を享受しない権利、それを無心に読むことを差し控える権利など誰にもないということです。評釈すること、神話の暗示がそれぞれ何を意味するかを知りたい、ダンテがウェルギリウスの偉大な詩をどのように用い、おそらくそれを翻訳することでどう改良したかを分かりたいといったことは、その後です。最初はこの本を子供のように信じて読まなければならない。本に身を委ねるのです。そうすればこの本は最後まで私たちに付き合ってくれます。私には長い年月の間ずっと付き合ってくれました。そして私には、明日それを開けば、これまで見つからなかったことがいくつも見つかると分かっている。その本が私の生そして私たちの生よりも長く生き長らえることを私は知っているのです。

第二夜　悪夢

紳士、淑女のみなさま

夢が属だとすれば、悪夢は種《しゅ》であります。まず夢について話し、それから悪夢についてお話しすることにしましょう。

最近、心理学の本を読み直してみたのですが、まったく失望させられました。どの本も夢(この言葉の正しさは後で証明できるでしょう)の手段もしくはテーマについて語っていますが、私が望んでいたこと、つまり夢を見ることの驚き、不思議さについては語っていなかったからです。

たとえば私が大いに買っている心理学の本、グスタフ・スピラー*の『人間の心』では、夢が精神活動の最下位に相当する——私自身はそれが誤りだと思っていますが——と言われ、夢の話は支離滅裂で脈絡がないと語られています。ここで思い出してみたいのが、グルーサックとその称讃に値する研究(この場で思い出し、暗唱できるとよろしいのですけれど)、『夢の合間』です。その研究は『知の旅』の、確か第二巻に含まれていたと思いますが、グルーサックはそこでこんなことを言っている。あの影の領域、夢の迷宮を通り抜けた後、目覚めた私たちが正気なのは——つまり相対的に正気であるという意味ですが——驚くべきことだ、と。

夢を調べることは特別な困難を伴います。夢を直接調べるわけにはいきません。私たちにできるのは、夢の記憶について語ることです。けれどおそらく、夢の記憶は夢にそっくりそのまま対応してはいない。十七世紀の偉大な作家、トマス・ブラウン卿は、私たちの夢の記憶はその素晴らしい現実感より劣ると考えていました。それに対し、夢はよりよいものにすることができるという考え方もあります。つまり夢を虚構の作品と考えるならば(私はそう思っています)、私たちは目覚めるときに、また後で語って聞かせるときに、さらに話を作ることができる。ここで思い出すのがJ・W・ダンの書いた『時間の実験』です。賛成はできませんが、記憶にとどめる価値のある見事な説です。けれどその前に、その説を単純化するために(次から次へと本を引き合いに出しますが、私は考えることよりも記憶することに長けているのです)、ボエティウスの名著『哲学の慰め』を思い出してみましょう。中世のあらゆる文学同様この書をダンテが繰り返し読んだことは明らかです。「最後のローマ人」と呼ばれたボエティウス、執政官ボエティウスは、競馬を見ているひとりの観客を想定します。

その観客は競馬場にいて、観覧席から、馬がスタートし、レースが展開する有様、馬の一頭がゴールに入る模様のすべてを連続的に見ています。しかしボエティウスはもうひとりの観客を想定します。そのもうひとりの観客とは、観客とレースの両方を眺めている観客です。それはもちろん神です。神にはレースのすべてが見える、永遠の一瞬において、一瞬の永遠において、馬のスタート、レースの展開、ゴールが見えるのです。何もかもが一瞬にして見え、同様にして世界の歴史全体が見えるのです。かくしてボエティウスは二つの概念、すなわち自由意志という概念と神の摂理という概念を乗り越えます。観客にはレースのすべてが見えながら、それを(連続的に見ること以外)どうすることもできない。同じように神は、レース全体、揺り籠から墓場までが見えながら、私たちがすることに影響を及ぼしはしません、私たちは自由に行動している、けれど神は私たちの最終的な運命を知っている――つまり今この瞬間にすでに知っているのです。

このように神には世界の歴史、世界の歴史に生じることが見えます。そのすべてが、永遠であるところのめくるめく光芒の一瞬のうちに見えるのです。

ダンは今世紀のイギリスの作家です。私は彼の本のタイトルほど興味深い例を知りません。『時間の実験』というのがそれです。その本の中で彼は、私たちがそれぞれ一種のささやかな個人的永遠性を持っていると考えています。私たちが夜毎《よごと》そのささやかな永遠性を所有するというのです。今夜私たちは眠りにつくでしょう、今夜私たちは今日が水曜日であることを夢に見るかもしれません。水曜日のこと、そして翌日の木曜日のことを夢に見るかもしれない、ことによると金曜日のこと、火曜日のことかもしれません……。人はそれぞれ夢とともに小さな永遠性を与えられており、それによって自分の近い過去や近い将来を見ることができるのです。

夢を見る人間はこのすべてを、神がその広大無辺な永遠から宇宙の変転の一切を見るごとく、一目で見てしまいます。すると目覚めるときにどんなことが起こるか。私たちは連続的な生活に馴れ親しんでいるので、自分の夢に叙述的形式を与えようとするのです。ところが私たちの夢では複数のことが同時に生起します。

ごく単純な例を挙げてみましょう。この私がひとりの人間の夢を見るとします。単なる人の姿(えらく貧しい夢ですが)です。その直後に一本の木の夢を見るとします。そして目が覚めたとき、私は、ごく単純なその夢に、もともとはなかった複雑さを与えることができる。木に変身する人間、木だった人間を夢に見たと思うことができます。私は事実を変えている、すでに作り話をしているわけです。

夢の中で何が起きるのかを私たちは正確に知ることができません。夢の中では私たちが天国にいることも地獄にいることも不可能ではない、おそらく私たちは何者か、シェイクスピアが the thing I am「私であるところのもの」と呼んだ何者かになるのです、それは多分私たち自身であり、神である。けれどこのことは目覚めると忘れてしまう。私たちが夢について調べられるのは、その記憶だけ、その哀れな記憶だけなのです。

私はフレイザーの本も読みました。彼は言うまでもなくすこぶる才智に富んだ作家なのですが、しかしきわめて軽信でもある、というのも旅行者たちが彼に語ることをすべて鵜呑みにしてしまうように見えるからです。フレイザーによると、未開人には覚醒状態と夢との区別がない。彼らにとって、夢は目覚めているときの一挿話でしかないのです。したがってフレイザーによると、あるいはフレイザーが読んだ旅行者の言によれば、ひとりの未開人が森に出かけ、ライオンを殺す夢を見る、そして目覚めたときに彼は、眠っている間に自分の魂が身体を離れ、ライオンを殺したと考える、というのです。また話をもう少し複雑にするならば、私たちは彼がライオンの夢を殺したのだと考えることができる。こういうことはすべて可能なのであり、言うまでもなく、この未開人の考えは、目覚めているときと夢とをさして区別しない子供の考えと一致しています。

私自身の思い出をお話ししましょう。私の甥は、当時五つか六つだったと思いますけれど——日付に関して私はよく間違えるのです——、毎朝、自分の見た夢を話してくれたものでした。ある朝、甥に(彼は床に坐っていました)何の夢を見たのか訊いたのを思い出します。私にその趣味《ホビィ》があるのを知っていたので、甥はすなおにこう答えました。「ゆうべは森に入っていく夢を見たよ。こわかった。でも明るいところに辿り着いたんだ、白い家があった、木でできていて、廊下みたいな段々のついた階段があって、それがぐるっとひと回りしていて、それから戸があったんだ、その戸から伯父ちゃんが出て行った。」突然、言葉を切ると甥はこう訊きました。「ねえ、あのお家で何してたの?」

彼にとっては目覚めていることも夢も、すべて同一平面で生起していたのです。このことは私たちを別の仮説、神秘主義者のそれへと導くことになります。形而上学者の仮説、相反するものでありながらきわめて紛らわしい仮説です。

未開人や子供にとって夢は目覚めているときの挿話ですが、詩人や神秘主義者にとっては目覚めの状態がすべて夢だということもありえないことではない。このことをカルデロンは至極あっさりとこう言っています。〃人生は夢〃と。またある種のイメージでもってシェイクスピアはこう言います。「我々は自分たちの夢と同じ木材で作られている。」そしてオーストリアの詩人、ヴァルター・フォン・デア・フォーゲルヴァイデは、次のように自らに問うています(まず私の拙いドイツ語で、それからましなスペイン語で言ってみましょう)。Ist es mein Leben geträumt oder ist es wahr? 「私は人生を夢に見たのか、それともあれは現《うつつ》だったのか?」それは分からない。当然のことながら、ここから導き出されるのが唯我論、夢を見る人間はただひとりで、その人間は私たち各々ではないのかという疑いです。その夢を見る人間は——それが私だとすれば——、今この瞬間、あなた方の夢を見ている。この会場、この講演の夢を見ているわけです。夢を見るのはただひとり、その夢見る人は宇宙の生々流転のすべてを夢に見る、過去の世界史のすべてを夢に見る、自分の幼年時代、青年時代すらをも夢に見るのです。こうしたことの一切は起きなかったかもしれません。すなわちそのときに存在し始め、夢を見始めるのであり、それは私たち各々、「私たち」ではなく「各々」なのです。たった今、私は、ここチャルカス街で講演している夢を見ている、テーマを捜している――たぶんそれは見つからない――夢を見ている、あなた方の夢を見ている、けれどそれは真実ではない。あなた方は各々私の、そして他の人々の夢を見ているのです。

私たちは次のごとく二通りに考えることができます。ひとつは、夢が目覚めた状態の一部であるとする考え方、もうひとつは素晴らしい、詩人の考え方で、目覚めた状態はすべて夢なのだとするものです。二つのことに違いはない。この考えはグルーサックの論稿に帰着します。つまり、私たちの精神活動においては違いはない。私たちは目覚めていることもできれば、眠ることも、夢を見ることもできる、けれど精神活動は同一である。そして彼はまさに、シェイクスピアのあの件《くだり》、「我々は自分たちの夢と同じ木材で作られている」を引用するのです。

もうひとつ触れないわけにはいかないテーマがあります。それは予言的な夢です。現実に対応する夢という考えは、発達した心性にふさわしい、というのも今日私たちは二面を区別しているからです。

『オデュッセイア』の中に、角《つの》の門と象牙の門という二つの門について語られる一節があります。象牙の門を通って人々のところへ偽りの夢がやってくるのに対し、角《つの》の門を通って真のあるいは予言的な夢がやってくるのです。また『アエネーイス』の中にはこんな件(数限りない注釈を生んできた件です)があります。第九巻だったか第十一巻だったか定かではありませんが、アエネアスがヘラクレスの柱の先の、エリセオの野に下ります。彼はアキレス、テイレシアスの偉大な霊と語らいます。母親の霊を見て、抱き締めようとするのですが、影でできているので果たせません。彼はさらに自分が建てることになる都市の未来の偉大さを目のあたりにします。彼はロムルスを、レムスを、原野を見、その原野に未来のローマの中央広場を、ローマの未来の偉大さを、アウグストゥス帝の偉大さを見、帝国の偉大さのすべてを見るのです。そしてそのすべてを見終え、同時代の人々、アエネアスにとっては未来の人々なのですが、彼らと語らった後で、アエネアスは地上に戻ります。そのとき妙なことが起きます。これまでそれを十分に説明しえたのは、私は真実をついていると思うのですが、ある無名の注釈者しかいません。アエネアスが戻るのは象牙の門からであって、角《つの》の門からではない。なぜでしょうか？その注釈者は理由をこう語っています。なぜなら私たちは実際には現実の中にいないからだと。ウェルギリウスにとり、真の世界とはプラトン的世界、原型からなる世界です。アエネアスが象牙の門から戻るのは、彼が夢の世界に――すなわち私たちが覚醒状態と呼ぶものに、足を踏み入れるからなのです。

確かにすべてはこの通りかもしれません。

さて、いよいよ種《しゅ》の問題、悪夢の問題を扱う段になりました。ここで悪夢の様々な名称を思い出しても無駄にはならないと思います。

スペイン語の名称ペサディーリャ pesadilla は必ずしも恵まれているとはいえません。示小辞 -illa は名称の力を殺《そ》いでしまうようです。他の言語では、名称はもっと力強い。ギリシア語だと efialtes です。エフィアルテスというのは悪夢を惹き起こす悪魔を意味します。ラテン語では incubus となります。夢魔《インクボ》は眠っている人間を圧迫して、悪夢を見させます。ドイツ語にはひどく変わった Alp という言葉があります。これはいたずらな小妖精《エルフ》やそれによる圧迫を意味するようになったと思われ、悪夢を惹き起こす悪魔というのと同じ発想です。それから、一枚の絵があります。悪夢を見ることに優れた文学者のひとり、ド・クインシーが見た絵です。The Nightmare「悪夢」という表題のついた、フッセーレあるいはフュスリ(こちらが正しい名前で、十八世紀のスイスの画家です)の絵です。ひとりの娘が寝ている。彼女は目を覚まし、恐れおののく、なぜなら自分のお腹の上に、黒くて邪悪な小さい怪物が横たわっていたからです。その怪物が悪夢なのです。その絵を描いたときフュスリは、Alp という言葉、小妖精《エルフ》による圧迫のことを考えていました。

ここでもっとも賢明にして曖昧な言葉、悪夢の英語名である the nightmare が出てきましたが、これは「夜の雌馬」を意味します。シェイクスピアはこの言葉をそのように解釈しました。彼の詩に、I met the night mare.「私は夜の雌馬に出くわした」という一節があり、彼がそれを雌馬のようなものと考えていることが分かります。また別の詩ではもはや意図的に the nightmare and her nine foals「悪夢と彼女の九頭の仔馬」と言い、ここでもやはり雌馬と考えています。

しかし語源学者によると、その語源は異なり、どうやら niht mare もしくは niht maere「夜の悪魔」に由来するようです。ジョンソン博士はその名だたる辞典において、これが悪夢を悪魔が惹き起こすと見る北欧神話――つまりサクソン神話――に対応すると述べていますが、どうやらギリシア語の efialtes もしくはラテン語の incubus に相当するか、あるいはそれを翻訳したもののようです。

また私たちに役立ちそうな別の解釈があり、それは英語の nightmare という言葉をドイツ語の Märchen と関係づけようとする。メルヘンは寓話、おとぎ話、作り話を意味します。したがってnightmareは夜の作り話ということになるでしょう。ところでnightmareを「夜の雌馬」(「夜の雌馬」にはどこか恐ろしいところがあります)と考えることは、ヴィクトル・ユゴーにとってはさながら天啓のようなものでした。ユゴーは英語をマスターし、人々の記憶にはほとんどありませんがシェイクスピアに関する本を書きました。確か『静観詩集』に収められていたと思いますが、ある詩の中で彼はle cheval noir de la nuit「夜の黒馬」、悪夢について語っています。彼が英語のnightmareのことを考えていたことは間違いありません。

このように様々な語源を見てきましたが、フランス語にはcauchemarという言葉があり、これは明らかに英語のnightmareと結びつきます。それらすべての言葉には(ふたたび語源に戻りますが)、悪魔が原因という考え、悪夢を惹き起こす悪魔という考えが存在します。思うにそれは単なる迷信ではない、すなわちこの考えには何かしら本物が——私はできる限り率直かつ誠実に話しています——含まれているのではないかと思うのです。

悪夢について、様々な悪夢について具体的に話してみましょう。私のはいつでも同じです。つまり私が見る悪夢は二つで、それが混じり合うこともある。私は迷宮の悪夢を見ます。それは部分的には、小さいころフランスの本で見た版画のせいなのです。その版画には世界の七不思議が描かれており、その中にクレタの迷宮がありました。その迷宮は巨大な円形劇場、とても背の高い円形劇場でした(そしてこれが見えるのは、周囲の糸杉や人間よりもはるかに高かったからです)。その閉ざされた、不吉に閉ざされた建物にはひび割れがありました。子供のころ私はこう信じていました(あるいは信じていたと思います)。すなわち、十分に強力な虫眼鏡があれば、版画のひび割れのひとつから、迷宮の恐ろしい中心にいるミノタウルスが見えるだろう、と。

もうひとつは鏡の悪夢です。もっとも二つの夢は異なるものではありません、というのも向き合う二つの鏡があれば十分に迷宮が作れるからです。ベルグラーノ地区にあるドラ・デ・アルベアルの家で、円形の部屋を見たのを思い出します。壁や扉が鏡になっているので、その部屋に入った人間は、本当に無限の迷宮の中心にいることになるのです。

私はいつでも迷宮か鏡の夢を見ます。鏡の夢には、これも夜、私を怖がらせるのですが、別の幻影が現れるのです。それは仮面の妄想です。私は常に仮面に恐怖を抱いていました。子供時代、誰かが仮面を被るとすれば、その人間は何か恐ろしいことを隠しているのだと思っていたことは確かです。時折、(これは一番恐ろしい悪夢なのですけれど)自分が鏡に映っているのを見るのですが、映っているのは仮面を被った私なのです。私は仮面をはずすのが怖い、なぜなら自分の本当の顔を見るのが怖いから、ひどい顔を想像してしまうからです。ハンセン病のような病気かあるいは何か想像を絶する恐ろしいものに罹っているかもしれないと。

私の悪夢で奇妙なのは、みなさまもそうであるのかどうかは存じませんが、場所がはっきりしていることです。たとえばいつでも、ブエノスアイレスの決まった街角の夢を見る。ラプリダとアレナレスの交わる角《かど》かバルカルセとチレの交わる角が出てきます。自分がどこにいるのかが正確に分かり、ある遠い場所へ向かわねばならないことが分かっている。夢の中でそれらの場所は地理的にはっきりしているのですが、それぞれまるで違っています。山の峠かもしれないし沼地かもしれない、ジャングルかもしれない、そんなことはどうでもいい、私は自分がブエノスアイレスのどこそこの街角にちゃんといるということが分かっている。そこで私は自分が進むべき道を見つけようとするのです。

いかなるものであれ、悪夢において重要なのはイメージではない。重要なのは、コールリッジが発見したように――明らかに私は詩人ばかり引き合いに出していますけれども――夢がもたらす印象です。イメージは副次的なもの、結果なのです。初めに申しましたように、私は心理学の本を数多く読みましたが、その中に詩人の手になるものは見当たりませんでした。けれど詩人の書いたものこそ私たちを啓発してくれるのです。

たとえばペトロニウスはどう書いているか。アディソン*が引用しているペトロニウスの一節ですが、魂は肉体の負担から解放されると働く、と彼は言っています。「魂は、肉体がなければ、戯れる」。一方、ゴンゴラ*はあるソネットで、夢も悪夢も、当然ながら、虚構である、文学的創作であるという考えを的確に表現しています。

夢、数多の演《だ》し物の作者は、
鎧を着た風の上の劇場で
美しい影を身にまとう。

夢は演し物である。この考えをアディソンは十八世紀の初めに、「スペクテイター」紙に載った優れた記事の中でふたたび取り上げています。私はすでにトマス・ブラウンを引用しましたが、彼はこう言っています。夢は私たちに魂の卓越という考えを示す、なぜなら魂は肉体から自由で、ひたすら遊び、夢見るからだと。彼は魂が自由を享受すると思っている。またアディソンは、魂は、肉体の枷《かせ》から自由なとき、想像する、そして目覚めているときにはありえないほどたやすく想像できるのだ、と穿ったことを言っています。さらに彼は次のように言い添える。魂の（つまり精神の。ここでは魂という言葉を使わないでおきます）ありとあらゆる働きのうちで、もっとも難しいのは創作である、と。しかしながら、夢の中で私たちは、非常な速さで創作します。あまりの速さに自分たちが創作していることと自分たちの思考とを取り違えてしまうほどです。私たちは本を読む夢を見ますが、本当は本の一語一語を創作しているのです。けれど私たちはそれに気づかず、その本を他人のものだと思うのです。私は多くの夢の中に、その前もっての作業、つまり夢に出てくる物事を準備する作業があることに気づきました。

　こんな悪夢を見たのを思い出しました。そう、あれが起きたのはセラーノ街でした、セラーノ街とソレル街の交わる所だったと思いますが、セラーノ街とソレル街の角《かど》には似ていませんでした。風景はずいぶん違っていました。ですが私にはそれが、パレルモ地区にある馴染みのセラーノ街であることが分かっていたのです。私はひとりの友人に出会います、見知らぬ友人です、すなわち彼を見るとすっかり変わってしまっているのです。それまで彼の顔を見たことはありませんでしたが、そんな顔ではないはずだと分かるのです。すっかり変わり果て、ひどく悲し気です。彼の顔は憂いと病いとおそらく罪によってすっかり痛めつけられているのです。右手を上着の中に入れています(ここがこの夢にとって肝心なところです)。彼の手は見えない、懐《ふところ》に隠してしまっている。私は彼を抱擁し、助けてやる必要を感じました。「可哀そうな誰それよ、一体どうしたのかね？　こんなに変わり果てて！」彼が答えました。「ああ、すっかり変わってしまった。」私はそっと彼の手を取り出しました。見るとそれは鳥の足だったのです。

妙なのはその男が最初から手を隠していたことです。私は気づかぬうちに、先ほどの創作を準備していたわけです。すなわち、その男の手は鳥の足である、彼は自分の変貌ぶりのすさまじさ、自分の不幸のひどさを知る、というのも自分が鳥になりつつあるからだ。夢の中でもやはりこんなことが起きます。人に何かを訊かれる、けれど何を答えればいいか分からない、すると答えが与えられ、呆然としてしまう。その答えは馬鹿げているかもしれませんが、夢の中ではぴったりしている。何もかも予め準備されていたからです。そこで、科学的かどうかは知りませんが、こういう結論に達します。夢はもっとも古い芸術活動である。

私たちは動物が夢を見ることを知っています。ラテンの詩に、夢の中で兎を追って吠える猟犬に触れたものがあります。したがって、夢のうちには諸々の芸術活動のうちでもっとも古いものが含まれていると言えるでしょう。大変奇異なのは、それが演劇の部類に属することです。先に引用したアディソンは、(それと知らずにゴンゴラの考えを確認しているのですが)夢、演《だ》し物の作者についてさらに言います。夢の中では私たちは劇場であり、観客、俳優、物語、自分たちが聞いている台詞であることに彼は気づいているのです。あらゆることを私たちは無意識に行なっており、何もかも、現実にはありえないほど生き生きとしています。貧弱で不確かな夢を見る人もいる(少なくともそう聞きます)。ですが私の夢はとても生き生きとしているのです。

コールリッジに戻りましょう。私たちが何を夢に見るかは問題ではない、夢には説明が必要なのだ、と彼は言い、こんな例を挙げます。ここにライオンが現れる、すると誰もが怖がります。つまりその恐怖はライオンの姿形が原因となっている。あるいは、私が寝ているとします、目を覚ますと私の上に動物が坐っているのが目に入る、私は恐怖を感じます。ところが夢の中では反対のことが起こりうる。私たちは圧迫を感じるかもしれない、するとこの圧迫には説明が必要になる。そこで私は、馬鹿馬鹿しいけれどまざまざと、自分の身体の上にスフィンクスが横たわっている夢を見るのです。スフィンクスは恐怖の原因ではありません、それは感じられた圧迫の説明なのです。コールリッジはさらに、偽の幽霊に脅かされた人間は発狂した、と言っています。それにひきかえ、幽霊の夢を見る人間は、目覚めてから何分か後、あるいは何秒か後には、平静を取り戻すことができます。

私は数多くの悪夢を見てきましたし、今でも見ます。もっとも恐ろしい悪夢、私がもっとも恐ろしいと思った悪夢を、私はあるソネットに使いました。それはこんな具合だったのです。私は自分の部屋にいました、夜が白んできました(多分それは夢の中の時間だったのでしょう)、するとベッドの端にひとりの王がいるではありませんか、はるか昔の王です、けれど夢の中で私はその王が北国、ノルウェーの王であることを知っているのです。彼は私を見ていない。その盲目の眼差しは天井を見据えている。私はそれがはるか昔の王であることを知っています、なぜなら、今ではありえない顔をしているからです。するとと私は彼がいることが怖くなりました。その王、彼の剣、彼の犬を私は見ていました。そしてついに目が覚めたのです。それでもしばらくの間はその王が見えていました、非常に印象的だったからです。話せば何でもない夢ですが、見たときは恐ろしかったのです。

ここで最近スサナ・ボンバルから聞いた悪夢を披露いたしましょう。お話しして、驚いていただけるかどうか、多分驚かれないと思いますが、彼女は円天井の部屋にいる夢を見ました。上の方は暗がりになっていて、その暗がりから、ほぐれた黒い布が垂れ下がっています。彼女の手には、いささか使いにくい大きな鋏があります。彼女は布から垂れているたくさんのほぐれた糸を切らねばならない。その布は縦横一メートル半が見えていますが、あとは上の暗がりに消えてしまっている。彼女は糸を切りました。けれど決して切り終えることができないことが分かるのです。彼女は恐怖を感じました。そしてそれが悪夢なのです。なぜかというと、悪夢とは何よりもまず、怖いという感じだからです。

ただ今、本物の悪夢を二つご紹介しましたが、今度は文学に現れた悪夢を二つご披露いたしましょう。これもおそらく本物だと思います。前回の講演で私はダンテについてお話しし、地獄の「高貴な城」に触れました。ダンテは、自分がウェルギリウスに導かれて最初の地獄界に到達するところ、ウェルギリウスから血の気が失せるのを見るところを語ります。彼はこう考える。ウェルギリウスが自分の永遠の住み処である地獄に入るのに青ざめるのであれば、私が恐怖を覚えぬはずはない、と。彼はそれを震え上がっているウェルギリウスに言います。しかしウェルギリウスは彼を促して言うのです。「私が先に行こう。」そして二人は着くのですが、絶望的になります。というのも、数知れぬ叫びが聞こえたからです。それは肉体的苦痛によるものではなく、もっと大変なことを意味する叫びなのです。

二人は高貴な城、「ノビレ・カステッロ」に着きました。それは三学及び四学の七つの学芸、あるいは、大した違いはありませんが、七つの徳を意味するらしい、七つの壁に囲まれています。おそらくダンテはその七という数が魔術的であると思ったのでしょう。様々な意味づけが可能な数でありさえすればよかったのです。彼は、流れがあったが消えてしまった、青々とした草原もまた消えてしまった、と独り言を言います。二人が近づいてみると、見えていたのは琺瑯《ほうろう》でした。そら、これは生ある草原ではなく、死せるものだ。そのとき四つの霊が彼らに近づいてきます。古代の大詩人たちの霊です。そこには剣を手にしたホメーロスがいます、オイディウスもいれば、ルカーヌス、ホラティウスもいます。ウェルギリウスはダンテに、彼が畏敬の念を抱きながらも読んだことのないホメーロスに挨拶するよう促します、「至高の詩人にご挨拶を」。ホメーロスは剣を手に進み出ると、ダンテを彼らの六番目の仲間として認めます。ダンテはまだ『神曲』を書き上げていなかった、というのもそのとき執筆中だったわけですから、けれど自分にそれが書けることが分かっていたのです。

それからみんなはダンテに色々言うのですが、彼はそれを敢えて繰り返しません。フィレンツェ人の慎みをその理由とみることもできますが、私はもっと深い理由があると思うのです。彼は気高き城に住まう人々について語っています。そこには異教徒、イスラム教徒の偉大な霊もいる。誰もがゆっくりと静かに話し、大いなる権威者の顔つきをしています、しかしすべて神を奪われた人々なのです。そこでは神は不在です、彼らは自分たちがその永遠の城、気高いが恐ろしい永遠の城に囚われていることを知っているのです。

そこにはその名を知る者の師たるアリストテレスがいます。ソクラテス以前の哲学者たち、プラトン、それに独り離れて偉大なるサルタンのサラディンもいる。洗礼を受けていないために救われなかった偉大なる異教徒たちの顔がすべて見られる。彼らはキリストによる救いが得られなかったのですが、そのキリストに触れるとき、地獄では名前を口にできないので、ウェルギリウスは力ある方と呼んでいます。私たちは、ダンテがまだ自分の演劇の才能を発見していなかったと考えることができるかもしれません、登場人物たちに口をきかせる術がまだ分からなかったのです。残念なのは、あの偉大なる霊、ホメーロスが剣を手に語った偉大な、そしてもちろん品位のある言葉を繰り返してはくれないことです。けれどダンテには、城の中ではすべて恐ろしいことばかりなので何もかも黙っているほうがいいことが分かっていたのだ、という気もします。二人は偉大なる霊たちと話をしています。ダンテはそれを数え挙げる。彼はセネカについて、プラトン、アリストテレス、サラディン、アル・ムターシム*について語るのです。彼らに言い及んでいるにもかかわらず、彼らの言葉は一言も聞けません。そのほうがいいのです。

　ダンテの地獄を思えば、普通の地獄など悪夢ではないと言えるでしょう。それは単なる拷問部屋にすぎない。恐ろしいことは起きますが、「高貴な城」に見られる悪夢的雰囲気はありません。文学でそれを示したのはおそらくダンテが初めてでしょう。

　もうひとつの例があります。これはド・クインシーによって称讃されたのですが、ワーズワースの『序曲』の第二巻に出てきます。ワーズワースはそこで、いかなる天変地異にも翻弄されてしまうという芸術や科学の危険が心配だった——この懸念は、彼が書いているのが十九世紀であることを考慮すると、まれと言えます——と言っています。そのころ、人はそうした天変地異のことを考えたりしなかったのです。今は人類のあらゆる作品、そして人類そのものが、いつ何時破壊されないとも限らない。つまり原爆のことを考えているわけです。さて、ワーズワースですが、彼は友人と語ったことを述べています。彼はこう思いました。人類の偉大な作品、科学、芸術が、いかなる天変地異であろうとそのなすがままになるのは、なんと恐ろしいことだ！　すると友人は自分もその恐怖を感じていたことを告白するのです。そこでワーズワースは友人に言います。ぼくはそれを夢に見たんだ……。

次は完璧な悪夢と思える夢の話です。というのもそこには悪夢の二つの要素、つまり肉体的な不快、迫害に関するエピソードと、恐怖、超自然的なものという要素が見られるからです。ワーズワースはこう語っています。自分は海に臨んだ洞穴にいた、時間は正午だった、愛読書のひとつ、『ドン・キホーテ』でセルバンテスが物語る遍歴の騎士の冒険を読んでいた。名前を直接出してはいませんが、誰のことかはただちに分かります。彼は続けます。「私は本を置くと考え始めた。まさに科学と芸術のことを考えたのだ。やがて時間がきた。」猛烈な真昼時、昼の熱気、その条件の下でワーズワースは海に臨んだ洞穴（周囲は海岸、金色の砂浜です）の中で腰を下ろしていました。彼はこう回想しています。「私は眠気に襲われ、夢の世界に入っていった。」

海に臨んだ、金色の砂浜に囲まれた洞穴で、彼は眠ってしまいました。夢の中で彼は砂に、黒砂のサハラに囲まれていました。水はなく、海もない。砂漠の真っ只中にいて――砂漠では人は常に真っ只中にいるのですが――、ぞっとしながら、そこから抜け出るためには何ができるかと考えている、そのとき彼は自分のそばに誰かがいるのに気づくのです。妙なことに、それはベドウィンのアラブ人で、ラクダにまたがり、右手には槍を持っています。そして左腕で石を抱え、手には巻貝の殻を持っている。そのアラブ人は彼に、自分の使命が芸術と科学を救うことであると告げ、彼の耳許に貝殻を近づけます。その貝殻の美しいことといったらありません。そしてワーズワースは（「私の知らない、けれど理解できる言葉での」）予言を聞いたと言うのです。それは一種の熱烈な頌歌《しょうか》で、神の怒りがもたらす大洪水によってこの世は崩壊する寸前にあると予言していました。アラブ人は彼に、それが本当で、大洪水が迫りつつあるが、自分には芸術と科学を救うというひとつの使命があると言って、石を見せるのです。その石は不思議なことに、石でありながらユークリッドの『幾何学』なのです。それから貝殻をさし出すのですが、それもまた書物なのです。彼に恐ろしい事実を告げた書物です。おまけにその貝殻は世界のすべての詩であり、当然ながらワーズワースの詩も含んでいました。ベドウィンは言いました、「私はこの二つのもの、二冊の書物である石と貝殻を救わねばならないのです」。そしてベドウィンは後ろを振り向くのですが、その顔が突然、恐怖に満ちた顔に変わるのがワーズワースには分かりました。そこで彼も後ろを振り返ると、巨大な光、すでに砂漠の半分を覆っている光が目に入るのです。それはこの世を崩壊させようとしている大洪水の水でした。ベドウィンが立ち去ると、ワーズワースにはそのベドウィンがドン・キホーテでもあり、ラクダがロシナンテでもあることが分かる、石が書物であり貝殻が書物であるのと同様、ベドウィンがドン・キホーテであること、二つのどちらでもなく、同時に二つのものだということが分かるのです。この二重性が夢の恐ろしいところです。そのときワーズワースは恐怖の叫びとともに目を覚まします、なぜなら今や洪水が彼に迫っていたからです。

この悪夢は文学に現れたもっとも美しい悪夢のひとつだと思います。

私たちは少なくとも今宵《こよい》、二つの結論を導くことができます。後になれば私たちの意見は変わってしまうでしょう。まず第一に、夢が芸術作品、おそらく最古の芸術表現だろうということ。それは不思議にも演劇の形を取る、というのも、アディソンが言ったように、私たちが劇場、観客、俳優、物語であるからです。二番目は、悪夢の恐怖に関するものです。私たちが目覚めているとき、恐ろしい瞬間はいくらでもある。私たちは、自分たちが現実に圧倒されてしまうことがあるのを知っています。愛する人が死ぬ、愛する人に捨てられる、どちらも等しく、悲しみ、絶望……の原因となります。けれどもそれらの原因は悪夢には似ていない。悪夢には独特の恐ろしさがつきものであり、その独特の恐ろしさはあらゆる種類の作り話によって表現されます。ワーズワースに出てくる、ドン・キホーテでもあるベドウィンによって表わされるかもしれないし、鋏とほぐれた糸、私の見た王の夢、有名なポーの悪夢を通じて表わされるかもしれない。ですが、不可欠なものがある。それは悪夢の「味」です。私が参照した専門書ではその恐ろしさについて触れていません。

ここで私たちは神学的に解釈することができるかもしれません。それは語源学と一致することになるでしょう。たとえばどれか言葉を選んでみます。ラテン語の incubus でもサクソン語の nightmare でも、ドイツ語の Alp でもかまいません。どれもが超自然的な何かを暗示しています。さて、ではもし悪夢が厳密な意味で超自然的だったとしたら？　悪夢が地獄の割れ目だったとしたら？　悪夢の中で私たちが文字通り地獄にいるのだとしたら？　否定はできません。あらゆることはとても不思議なのですから、そんなことだってありうるのです。

第三夜　千一夜物語

紳士、淑女のみなさま

西洋の歴史における重大事件のひとつに、東洋の発見があります。あるいは不断に意識化された東洋というほうが正確かもしれません。それはギリシアの歴史におけるペルシアの存在に匹敵するものです。しかし東洋が、茫漠としていて壮麗で、不動にして不可解な何かとして意識される過程には、際立った時機が見られます。これからそのいくつかを挙げてみましょう。そうするのが、私が大いに気に入っているテーマ、子供のころから好きだったテーマを扱うためには都合が良さそうです。そのテーマとは、『千一夜物語』もしくは英語版——私が最初に読んだのがこれです——に従えば *The Arabian Nights* すなわち『アラビアの夜』で、このタイトルも、『千一夜物語』ほど美しくはないもののやはり神秘性を感じさせます。

では先ほどの時機というのを挙げてみましょう。まずはヘロドトスが九冊の本を書き、そこでエジプト、遠いエジプトのことが明らかにされた時機です。「遠い」と言ったのは、空間は時間で測りますし、航海は危険に満ちていたからです。ギリシア人にとってエジプトというのはより大きな世界で、神秘的に感じられたのです。

次に東洋と西洋という、定義はできないが事実を表わす言葉を問題にしてみましょう。それらの言葉には、聖アウグスティヌスが時間について言ったことが当てはまります。彼はこう言いました。「時間とは何か。問われなければ分かるが、問われると分からない」と。東洋と西洋とは何か。問われると分からない。ですが、答えに迫ってみたいと思います。

ここでアレクサンダー大王の遭遇、戦闘、遠征を見てみましょう。よく知られているように、アレクサンダーはペルシアを征服し、インドを征服し、最後はバビロニアで死にます。これが東洋との広範な出会いの最初で、この出会いによって大きな影響を受けたアレクサンダーは、ギリシア人であることをやめ、部分的にはペルシア人になった。そのためペルシア人は彼、枕の下に『イリアッド』と剣を置いて寝たアレクサンダーを、今では自分たちの歴史上の人物としています。彼については後でまた触れますが、アレクサンダーの名前を出したからには、私がよく知っていて、みなさまに興味を持っていただけそうな伝説をひとつ披露したいと思います。

アレクサンダーは三十三歳のときにバビロニアで死ななかった。彼は軍勢から離れると砂漠や密林を彷徨《さまよ》ったあげく、明りを見つけます。それは焚き火でした。

その焚き火を、肌が黄色く目の釣り上がった戦士が囲んでいる。彼らはアレクサンダーを誰だか知らずに受け入れます。彼は根っからの兵士だったので、自分のまったく知らない土地での戦いに参加します。兵士である、ということは、戦う理由は重要視せず、またいつでも死ぬ覚悟ができている。歳月が流れ、彼は多くのことを忘れてしまいます。そしてある日、兵士たちに給料が支払われるのですが、もらった中に一枚気になる硬貨が混じっていた。彼はそれを掌《てのひら》に取ると、こう言いました。「お前も耄碌《もうろく》したものだ。これはお前がマケドニアのアレクサンダーだったときに、アルベラの勝利を記念して作らせたメダルじゃないか。」そのとたん彼は自分の過去を想い出すのですが、結局またタタール人だか中国人だかの傭兵になるのです。

この忘れがたい話を作ったのは、イギリスの詩人ロバート・グレイヴスです。アレクサンダーには、彼が東洋と西洋の両方を支配するということが、予言によって約束されていました。イスラム系の国々で、彼は今でも双角のアレクサンダーと呼ばれ、褒め称えられていますが、それは彼が東洋と西洋という二本の角《つの》を持っているからなのです。

東洋と西洋の長い対話、悲劇的であったことも少なくないあの対話の例をもうひとつ挙げてみましょう。若きウェルギリウスが、遠い国からもたらされたプリント柄の絹布を手で触っているところを想像してください。それは中国人の国で、彼が知っているのは、そこがはるか彼方にあり、平和で、数多くの人々が住み、東洋の果てにまで及んでいるということだけです。ウェルギリウスは『農事詩』の中で、この絹布を想い出すことになる。彼が知っているのとは異なる寺院や皇帝、河川、橋、湖の図をプリントした、縫い目無しの絹布です。

東洋というものを明らかにしたもうひとつの例は、あの感嘆すべき書物、すなわちプリニウスの『博物誌』です。そこでは中国人のことが語られ、バクトリアとペルシアに触れた個所がある。ポーロス王とインドに関する記述もあります。読んだのは確か四十年以上も前だったと思いますが、ローマの詩人ユウェナーリスの詩にこんなのがあるのを、いま突然思い出しました。遠隔の地のことを語るのに、ユウェナーリスはこう言っているのです。「ultra Auroram et Gangem（夜明けとガンジス河の彼方）」と。この四つの単語のうちに、私たちにとって東洋が存在する。ユウェナーリスが東洋に対して抱いた感情が、私たちのそれと同じかどうかは分かりません。が、私は同じだと思う。東洋というのは常に西洋の人間を魅惑してきたようです。

歴史の話を続けましょう。面白いことがあります。たぶん実際にはなかったのでしょうが、これも伝説です。ハルン・アルラシドが盟友のシャルルマーニュに象を一頭送りました。バグダッドからフランスへ象を贈るなどということはおそらく不可能だったと思いますが、別に構いません。私たちにとり、その象の存在を信じるのはたやすいことです。その象は怪　物《モンストゥルオ》です。ただし、怪物という言葉は恐ろしいものを意味してはいないことを思い出してください。ロペ・デ・ベガ*はセルバンテスに「自然の怪物」と呼ばれました。その象は、フランス人やゲルマン人の国王シャルルマーニュにとり、ひどく奇妙なものだったのにちがいありません。（残念なことに、シャルルマーニュは『ローランの歌』が読めなかったようです。彼が話したのは何らかのゲルマン語の方言のはずですから。）

彼に象が送られるわけですが、その「象《エレファンテ》」という言葉から想い出すのが、ローランが「オリファン」という象牙《マルフィル》のラッパを吹き鳴らさせることです。その名がついたのは、それが象《エレファンテ》の牙から作られるからにほかなりません。語源といえば、チェスのビショップを意味するスペイン語の alfil という言葉は、アラビア語で象を意味し、marfil〔象牙〕と語源は同じです。東洋のチェスの駒の中に、背中に城と小さな人間を載せた象の駒があるのを見たことがあります。城ということでルークを想像すると思いますが、そうでなくビショップ、象なのです。

十字軍が遠征し、戦士たちが帰還したとき、彼らは様々な記憶をもたらしました。たとえばライオンの記憶です。獅子王リチャードという名高い十字軍戦士がいます。紋章のなかのライオン、あれは東洋の動物です。こうしたリストが果てしなく続くわけではありませんが、ここでマルコ・ポーロを引合いに出すことにしましょう。彼の本もまた東洋を明らかにするもので、長い間最良の資料でした。そこに書かれていることを、彼は、ヴェネツィア人がジェノヴァ人に負けた戦いの後、獄中で一緒だった人物に口述したのです。その本には東洋の歴史のことが書かれていますが、そこにまぎれもないフビライ汗が出てくる。彼はその後、コールリッジのある詩にも登場することになります。

十五世紀にアレクサンドリア、つまり双角のアレクサンダーの都で、一連の物語が集められました。それらの物語は不思議な歴史を辿ったようです。最初はインド、続いてペルシアで語られた後、今度は小アジアで語られ、さいごにカイロで、このときにはもうアラビア語で書かれていたのですが、本の形に編纂《へんさん》される。これが『千一夜物語』です。

ここでこのタイトルのことを取り上げてみましょう。私が思うに、これは世界で一番美しいタイトルのひとつで、性格は大きく異なりますが、前回引用したJ・W・ダンの『時間の実験』というタイトルに勝るとも劣りません。

『千一夜物語』というタイトルには、違う種類の美しさがあります。その理由は、私たちにとって、「千」という言葉は「無数」のほぼ同意語に等しいからです。千夜と言うのは無数の夜、数多の夜、数えきれない夜と言うのと同じです。「千一夜」と言うのは、無数に一を加えることです。英語に面白い表現があります。「永遠に」という意味で for ever と言うかわりに、ときに for ever a day と言うことがある。「永遠」という言葉に一日加えるのです。このことは、「きみを永遠に、さらにその後も僕は愛するだろう」という、ハイネがある女性に捧げたエピグラムを想い出させます。

無数という概念は『千一夜物語』の本質を成しています。

一七〇四年、ヨーロッパで最初の翻訳、フランスの東洋学者アントワーヌ・ガランによる六巻本の第一巻が刊行されます。ロマン主義の運動とともに、東洋は完全にヨーロッパの意識の中に入る。二人の有名な人物を挙げれば十分でしょう。作品よりも人物像によって名高いバイロンと、とにかく名高いユゴーです。その後、いくつも翻訳が出て、それからまた東洋のことが明らかにされます。一八九〇何年かに、キップリングがその啓示をもたらします。「東洋の呼び声を聞いたら、もう君には他に何も聞こえないだろう。」

『千一夜物語』が初めて翻訳された時代に遡ってみましょう。それはヨーロッパのありとあらゆる文学にとって、最大の出来事でした。いま、私たちは一七〇四年のフランスにいます。それは「偉大なる世紀」のフランス、文学がボワローによって法制化されていたころのフランスです。ボワローは一七一一年に亡くなりますが、自分の修辞法のすべてがいまやその輝ける東洋の侵入によって脅かされていることを疑いもしませんでした。

ボワローの修辞法というのを考えてみましょう。それは警戒と禁止、理性の信奉から成っている。フェヌロンのあの見事な一節を思い出してください。「精神の働きのうち、一番活発でないのが理性である。」もちろんボワローは、理性の上に詩を築こうとしたのです。

私たちは今、スペイン語というラテン語の名高い方言で話をしていますが、そのこともまたあの郷愁、あの穏やかなそしてときに攻撃的に行なわれた東洋と西洋の交渉の挿話のひとつです。というのもアメリカ大陸は、インドに到達したいという願望によって発見されたからです。私たちがモクテスマ*やアタワルパ*やカトリエル*たちを「インディオ」と呼ぶのは、まさしくその誤りによっている。スペイン人は、自分たちがインドに到着したと思い込みました、この私の講演もまた、その東洋と西洋との対話の一部なのです。

西洋という言葉について、私たちはその起源を知っていますが、大したことではない。西洋文化というのは、それが半ば西洋のものであるにすぎないという意味で、不純だと言えるでしょう。私たちの文化にとって不可欠な二つの国がある。その二つとは、ギリシア(ローマは古代ギリシアの延長ですから)と東洋の国イスラエルです。両者は私たちが西洋文化と呼ぶ文化の中でひとつのものとなります。東洋の姿の明示についてお話ししたとき、私は神の書跡というあの絶えざる啓示のことを思い出すべきでした。事実は相互的です。今では西洋が東洋に影響を及ぼしているのですから。フランスの作家が書いたもので、『中国人に発見されたヨーロッパ』という題の本がありますが、その題は現実的です。そういうこともありえたはずだからです。

東洋とは日出《いず》る処です。ドイツ語に、東洋を意味する美しい言葉があります。Morgenland つまり「朝の地」ということです。西洋の方は Abendland で、「夕の地」を意味する。この言葉から、シュペングラーの *Der Untergang des Abendlandes* を思い出されるかも知れません。「夕の地の下方へ向かっての出発」という意味なのですが、もっと散文的に訳せば『西欧の没落』となります。私は東洋 oriente という、実に美しい言葉を捨ててはならないと思う。なぜならその言葉には、嬉しい偶然ですが、黄金 oro が含まれているからです。東洋という言葉に黄金が感じられるのは、夜が明け初めるときには黄金の雲が見えるからでもあります。ここでふたたび思い出すのが、ダンテの有名な詩行「東方のサファイアのうるわしい色」です。というのも、「東方の oriental」という言葉には、東方のサファイア、東方産のサファイアという意味のほかにもうひとつ、朝の黄金、煉獄でのあの最初の朝の黄金という意味もあるからです。

東洋とは何か。それを地理学的に定義しようとすると、たいへん面白いことにぶつかります。つまり、アメリカ北部は東洋とみなされていますから、東洋の一部は西洋ないしギリシア人とローマ人にとりかつて西洋だった地域に含まれるということです。もちろんエジプトも東洋であり、イスラエル、小アジア、バクトリア、ペルシア、インドなどそれより遠くにある、たがいに共通点をあまり持っていない国々もすべてそうです。同様に、たとえばタタール地方や中国、日本も、私たちにとっての東洋ということになる。思うに、東洋というとき、私たちの誰もが真っ先に想い浮べるのはイスラム圏の東洋で、それからインドより北の東洋へとイメージを広げるのではないでしょうか。

これが私たちにとっての東洋の第一義で、それは『千一夜物語』がもたらしたものです。私たちに東洋として感じられる何かがある。私はそれをイスラエルでは感じませんでしたが、グラナダとコルドバでは感じました。私は東洋の存在を感じたのです。それを定義することができるかどうかは分かりません。しかし、誰にでも直感的に感じられることを定義する価値があるでしょうか。東洋という言葉の含意を私たちは『千一夜物語』に負っています。東洋からまず想い浮べるのが『千一夜物語』で、マルコ・ポーロやプレスター・ジョンの伝説や黄金の魚が棲む砂の川のことはその後です。私たちが第一に考えるのは、イスラム世界のことなのです。

ここでこの本の歴史、続いて翻訳について取り上げましょう。この本の起源は明らかでない。それはちょうど、人々が何世代にもわたって築き上げた、ゴシック様式と不適切に呼ばれる大聖堂の場合に似ている。だが本質的な違いが存在します。つまり、大聖堂の場合は職人は自分たちが何を作っているかを十分承知していた。ところが、『千一夜物語』が出来上がる過程のほうは謎に包まれています。それは数多の作者の手になる作品で、彼らのうち誰ひとり、卓越した本を制作しているとは思わなかった。実際それは、ありとあらゆる文学の中でももっとも卓越した本であり、聞くところによれば、東洋よりも西洋での評価の方が高いのです。

『千一夜物語』の翻訳者としてもっとも有名なイギリスのレインとバートンのふたりが賞讃の念をこめて引合いに出している東洋学者なのですが、フォン・ハンマー・プルクシュタル男爵が面白いことを転写しています。そこには、彼がコンファブラトーレス・ノクトゥルニ confabulatores nocturni と呼ぶ人々すなわち物語を語る夜の人間、夜の間に物語を語るのを職業とする人間のことが述べられているのです。引用されているペルシア語の古いテキストによると、物語が語られるのを初めて聞いた人物、不眠症をまぎらすために夜の人々を集めて物語を語らせた最初の人物は、マケドニアのアレクサンダーでした。それらの物語は、おそらく寓話だったはずです。寓話の魅力はその教訓にあるのではないと私は思います。イソップやインドの寓話作者を魅了したのは、それぞれの悲劇や喜劇を演じる、小さな人間のような動物たちを想像することでした。道徳的意図という考えは、後でつけ加えられている。重要なのは、狼が仔羊と、牛が驢馬《ろば》と、ライオンが小夜鳴鳥《さよなきどり》と口をきくということだったのです。

というわけでマケドニアのアレクサンダーは、物語を語ることを職業とする名もない夜の人々によって語られた物語を聞いていたのですが、これは長い間続きました。レインはその著書『現代エジプト人のマナーと習慣』の中で、一八五〇年ごろのカイロでは物語の語り手はごくありふれた存在であったこと、その数はおよそ五十人で、しばしば『千一夜物語』に含まれる物語を語っていたことを述べています。

物語はいくつもありますが、バートンおよび見事なスペイン語版の訳者であるカンシノス＝アセンス*によれば、インドでまず中心となる一連の物語が作られ、それがペルシアに入った。そしてペルシアで形が整えられ、内容も豊かになり、またアラブ風に変形され、最後にエジプトに行き着くのです。十五世紀末のことです。そのころ、最初の編纂が行なわれるのですが、この編纂はどうやらペルシアのバージョン、*Hazar asfana* つまり『千の物語』を下敷にしているらしい。

　では初め千だったのがなぜ後で千一になったのでしょう。理由は二つあると思います。ひとつは迷信(この場合迷信は重要です)によるもので、偶数は不吉なのです。そこで奇数が求められた結果、「一」がめでたく加えられたというわけです。もしも九九九夜とされていたら、一夜足りないという気がするでしょう。しかし一が加えられたために、私たちは何か限りのないものを与えられたという気がする上に、さらに一夜をおまけにもらったという気がするのです。フランスの東洋学者ガランはテキストを読み、それを翻訳しました。では、そのテキストには、東洋はどんな場所として描かれているのでしょうか。とにかく、それは存在する。というのも、それを読むと、私たちはある遠い国にいるように感じられるからです。

　ご存知のように、クロノロジー、歴史というものが存在します。しかしそれらは何よりもまず、西洋が発見したものなのです。ペルシア文学の歴史、インド哲学の歴史は存在しない。中国にも中国文学史はありません。なぜなら人々は出来事の連続に興味を持たないからです。文学や詩は終わりのない過程と考えられている。それは本質において正しいと思います。たとえば、『千一夜物語』(あるいはバートンに従えば『千夜一夜物語』 *Book of the Thousand Nights and a Night*) というのは、これがたとえ今朝考え出されたものであったとしても、美しいタイトルだと思います。たった今自分たちが作ったとしても、私たちは、なんて素敵なタイトルなんだと思うでしょう。それが素敵なのは、美しい(ルゴーネスの『庭園の黄昏』が美しいように)ばかりでなくその本を読みたい気にさせるからでもあります。

人は『千一夜物語』の中に迷い込みたいと思う。その本の中に入れば人間の哀れな運命が忘れられることを知っているからです。人はひとつの世界に入ることができる。そしてその世界は原型的な人物とともに個性的人物から成っています。

『千一夜物語』というタイトルは大変重要なことを暗示している。つまりそれが終わりのない本だということです。そして事実その通りです。『千一夜物語』を最後まで読み通せる人間は誰もいない、とアラブ人は言います。飽きるからではない。その本が果てしなく感じられるからです。

我が家には十七巻から成るバートン版があります。それをすべて読み通せないであろうことは分かっているのですが、その中でいくつもの夜が私を待っていることも分かっている。私の人生は不幸であるかもしれない、けれど家にはその十七巻本がある。東洋で作られた『千一夜物語』という一種の永遠が存在するのです。

実際の東洋ではなく、実在してはいない東洋をどのように定義したらいいでしょうか。東洋と西洋という概念は一般的であるにもかかわらず、自分のことを東洋人だと感じる人間はいないでしょう。人は自分をペルシア人であると感じたり、インド人、マレーシア人であると感じても、東洋人と感じることはないと思います。同様にして、自分をラテンアメリカ人であると感じる人間もいない。私たちは自分のことをアルゼンチン人、チリ人、東岸人《オリエンタレス》＊すなわちウルグアイ人と感じるのです。しかしそれは重要ではない。概念が存在しないのですから。では東洋の根拠とは何か。それは何よりもまず、人々がひどく幸福か不幸で、ひどく豊かかひどく貧しい、極端な世界であり、自分たちのすることを説明する必要のない王様たちが住む世界です。つまり王様たちには神同様責任がないのです。

それから隠された財宝という考えがあります。人は誰でもそれを見つけ出すことができる。次が魔法という考えで、これは非常に重要です。魔法とは何か。魔法とは、普通とは異なる因果関係のことです。私たちが知っているのとは別の因果関係があるかもしれない。それは偶然の出来事に原因を持つかもしれないし、指輪やランプに原因を持つかもしれません。私たちが指輪やランプをこすると、魔神が現れる。その魔神は奴隷であると同時に全能でもあって、私たちの望みを叶えてくれる。そういうことがいつ何時起きるかもしれないのです。

漁師と魔神の話を思い出してみましょう。四人の子供を持つ貧しい漁師がいました。彼は毎朝ある海のそばで網を打っていた。この「ある海」というのがすでに魔術的表現となっています。私たちをある地理的に定かでない世界へ誘うからです。漁師は特定の海のそばに行くのではなく、「ある海」のそばへ行って網を打つのです。ある朝彼は網を三度打ち引き揚げます。掛かったのは死んだ驢馬、割れた皿や器、要するに役に立たないものばかりです。四度目の網を打ちます(毎回網を打つたびに詩を吟じるのです)、するとと網がずっしりと重い。そこで魚がぎっしり詰まっているのだと思うのですが、掛かったのはソロモンの封印のある黄色い銅の壺でした。栓を開けると濃い煙が噴き出します。漁師はその壺を金物屋に売れるだろうと思います。ところが煙は空高く昇っていき、やがて固まると魔神の姿が現れるのです。

その種の魔神とは何なのでしょうか。それはプレアダムすなわちアダム以前の創造物に属していて、人間より劣っていますが、巨大になることができる。イスラム教徒によれば、彼らはあらゆる場所に住んでいるのですが、姿は見えず、触ることもできません。

魔神はこう言います。「神ならびにその使徒ソロモンが称えられんことを。」そこで漁師は、はるか昔に死んでしまったのに、なぜソロモンの名を出すのかと訊きます。今の使徒はマホメットではないかと言うのです。それから、なぜ壺に閉じ込められたのかも訊きます。すると魔神は、自分はソロモンに反抗した精霊のひとりであること、ソロモンによって壺に閉じ込められ、封印されて、壺とともに海の底へ投じられたことを語ります。閉じ込められたまま四百年が過ぎ、魔神は自分を解き放ってくれる者に世界中の黄金をやることを誓いますが、何も起きません。そこで自分を解き放ってくれる者に小鳥の歌を教えてやろうと誓います。何世紀も過ぎ、約束の数はどんどん増えていく。そしてついに、解き放ってくれる者を殺してやると誓うときが訪れるのです。「いま私は自分の誓いを果たさねばならない。我が救い主よ、さあ死ぬ覚悟をするのだ！」不思議なことに、そうして怒った顔をすると、魔神は人間的に見え、おそらくは愛らしくさえ見えたのでした。

漁師は怯えきっていましたが、魔神の話を信じないふりをして、こう言います。「お前が話したことは嘘だ。地面に立つと頭が雲にまで届くお前が、こんな小さな壺に入れたはずがない。」 すると魔神は小さくなり、壺の中に入ったので、漁師は栓を閉め、魔神を脅します。

物語はまだ続き、主人公が漁師ではなく王になり、さらに黒い島の王になった末に、すべてが一緒くたになってしまうのですが、この手のことは『千一夜物語』につきものといえます。これと比べられるのが、入れ子になった中国の天体儀やロシアの人形です。似たような構造が『ドン・キホーテ』にも見出せますが、『千一夜物語』ほど極端ではない。しかもこの何もかもが、みなさまもご存知の、中心となる大きな物語の中にある。妻に裏切られたスルタンが、二度と裏切られないようにするために、夜毎《よごと》妻をめとり、翌朝殺させることに決めるという例の物語です。それはシェヘラザードが他の女たちを救おうと決意し、ちっとも終わらない物語を語って夫を引き留めるまで続きます。そうやって二人は千と二夜を共に過ごし、彼女はついに子供を産むのです。

物語中物語というのは、一種のめまいをともないほとんど無限に続く、面白い効果をもたらします。このことは、ずっと後の作家たちによって模倣されるのですが、そうして生まれたのがルイス・キャロルのアリス物や『シルヴィーとブルーノ』という小説で、そこでは夢の中の夢が枝分かれし、数を増すのです。

夢というのは『千一夜物語』が好むテーマのひとつです。たとえば二人の夢見る男の物語という傑作があります。カイロに住む男が、ペルシアのイスファハンという町へ行けと命じる声を夢の中で聞く。そこには宝物が待っているというのです。長く危険な旅に挑んだ彼はへとへとになってイスファハンに着き、イスラム教寺院の中庭で横になって休もうとします。男はそれと知らずに盗賊たちの中にいたのです。彼らは全員捕まり、男は裁判官になぜその町までやってきたのかと尋ねられます。そこで男はその訳を話します。すると裁判官は奥歯が見えるほど大笑いし、こう言います。「お目出たい男よ、そんな夢なら私は三度も見ている。カイロに家があり、その裏に庭があって、その庭に日時計そして噴水とイチジクの木があり、噴水の下に宝物があるという夢だ。私はそんなでたらめをこれっぽっちも信じたことがない。もう二度とイスファハンには来るな。この金をやるから帰れ。」男はカイロに帰ります。裁判官の夢に現れたのが自分の家だと分かったからです。彼は噴水の下を掘り、宝物を見つけるのです。

『千一夜物語』には西洋を模倣したところがあります。私たちはユリシーズの冒険に出くわします。ただしユリシーズは船乗りシンドバッドという名になっている。冒険がまったく同じこともあります(ポリュペモスの物語がそうです)。『千一夜物語』という城を建てるには、何世代にもわたる人々が必要だった。彼らは私たちの恩人です。あの尽きることのない、多くの変容が可能な本を私たちに残してくれたのですから。今、多くの変容と言ったのは、最初の翻訳であるガラン版がきわめて素朴で、あらゆる版のうちで最も魅力的であり、読者に何ら努力を要求しないからです。この最初の翻訳がなかったなら、バートン大尉が巧みに言ったように、後の翻訳は実現しなかったでしょう。

ガランは一七〇四年に第一巻を出します。それは一種の物議をかもしますが、その一方でルイ十四世の理性的なフランスを魅惑してしまいます。ロマン主義の運動というとき、普通ずっと後の日付のことを考えます。けれどロマン主義の運動は、誰かがノルマンディーかパリで『千一夜物語』を読んだその時に始まったと言えるでしょう。その人間は、ボワローによって法制化された世界を出て、ロマン主義の自由の世界へと足を踏み入れるのです。

その後、別の事件がいくつも起きます。フランスで、ル・サージュがピカレスク小説を発見する。一七五〇年ごろ、パーシーがスコットランドとイギリスの物語詩《バラッド》を出版する。そして一七九八年ごろ、ロマン主義の運動が、マルコ・ポーロの保護者だったフビライ汗を夢に見たコールリッジとともに始まる。このように世界は素晴らしく、物事は互いにつながり合っているのです。

『千一夜物語』の別の翻訳も現れます。レイン版は、イスラム教徒の風俗に関する百科事典と一緒に出ました。バートンの人類学的でみだらな翻訳は、部分的には十四世紀に属する奇妙な英語で書かれています。その英語は古語や新造語に満ち、美しくないというわけではありませんが、ときに読みづらいことがあります。次がマルドリュス博士による、言葉の二つの意味で放縦な翻訳、さらにリットマンの、文学的にはさっぱり面白くない逐語訳が出ています。そして今、幸せなことに、私たちは、我が師であったラファエル・カンシノス゠アセンスの手になるスペイン語訳を持っている。その本はメキシコで出版されたのですが、おそらくあらゆる翻訳の中の最高のものでしょう。またそれには注釈も施されています。

『千一夜物語』中、最も有名でありながら、原語版には存在しない物語があります。「アラジンと魔法のランプ」の物語です。これはガラン版に現れ、バートンはアラビア語やペルシア語のテキストを捜したが見つけられませんでした。ガランはその物語を偽造したのではないかと疑う人もいる。「偽造する」という言い方は不当であり、たちが悪いと思います。あの「夜の語り部たち confabulatores nocturni」同様、ガランにも物語を作る権利は十分あったのですから。あれほど多くの物語を翻訳したあとで、ひとつ作ってみたくなり、実際そうしたということだって大いにありうるのです。

　アラジンの物語はガラン版にとどまりません。ド・クインシーはその自伝で『千一夜物語』の中にはひとつ、他のよりも優れていると彼がみなす物語が含まれている、そして断然優れたその物語とはアラジンの物語であると言っているのです。彼は中国まで出かけるマグレブの魔術師のことを語っている。その魔術師は中国に魔法のランプを蘇らせることのできるただひとりの人間がいることを知っているのです。ガラン版のほうでは、魔術師は占星師で、若者を捜しに中国へ行かなければならないことを星に告げられることになっている。つまり、創意溢れる記憶力の持ち主であるド・クインシーは、まったく違うことを記憶していたのです。彼によれば、魔術師は耳を地面に当て、無数の人の足音を聞き、その中からランプを蘇らせることを運命づけられた若者の足音を聞き分けます。ド・クインシーはこう言っている。つまり、このことから私は、世界は様々な対応関係から成り立ち、魔法の鏡に満ちており、小さな事物のうちに大きな事物の謎を解く鍵が含まれている、と考えたのだと。マグレブの魔術師が耳を地面に当ててアラジンの足音を聞き分けたということは、どのテキストにもありません。それは夢か記憶がド・クインシーにもたらした創作なのです。『千一夜物語』はまだ死んではいない。『千一夜物語』の無限の時間は、いまだにその道を歩み続けています。十八世紀の初めにその本が翻訳され、十八世紀末か十九世紀初めにド・クインシーがそれを別の形で記憶している。千一夜にはさらに他の翻訳者が現れ、翻訳者はそれぞれその本の異なる翻訳を生むことでしょう。私たちは『千一夜物語』というタイトルを持つ数多くの本について話しているともいえます。ガランとマルドリュスによる二つのフランス語版、バートン、レイン、ペインの手になる三つの英語版、ヘニング、リットマン、ワイルによる三つのドイツ語版、そしてカンシノス＝アセンスのスペイン語版がある。どの版もそれぞれ異なっている。なぜなら『千一夜物語』は今もなお成長し続けている。あるいは新たに作り直されているからです。スティーヴンソンの見事な作品『新千一夜物語 *New Arabian Nights*』では、変装した王子が高官に付き添われて町を歩き回り、不思議な冒険をいくつも経験するというテーマがふたたび用いられています。しかしスティーヴンソンはボヘミアのフロリセル王子とそのお付き、ジェラルディン大佐を創り出し、二人にロンドン巡りをさせました。それは現実のロンドンではなくバグダッドに似たロンドンであり、そのバグダッドも現実のそれではなく『千一夜物語』のバグダッドなのです。

私たちの誰もが、その作品に感謝しなければならないもうひとりの作家がいます。スティーヴンソンの後継者、チェスタートンです。ブラウン神父と「木曜日」だった男の冒険が起きる幻想的ロンドンは、彼がスティーヴンソンを読んでいなければ存在しなかったでしょう。そしてスティーヴンソンは、『千一夜物語』を読んでいなければ、『新千一夜物語』を書いていなかったでしょう。『千一夜物語』は死んだものではありません。その本はあまりに膨大なので、読み切る必要がない。なぜならそれはすでに私たちの記憶の一部であり、今宵の一部でもあるからです。

第四夜　仏教

紳士、淑女のみなさま

本日のテーマは仏教であります。その長い歴史に立ち入るつもりはありませんが、起源は今から二千五百年前のベナレスに遡ります。そのころ、すでにブッダとなっていたネパールの王子――シッダルタもしくはゴータマ――が、法《ダルマ》の車輪を回し、四つの崇高な真理と八つの道を示したのです。私は世界でもっとも普及しているその宗教の本質的なことについてお話しいたします。仏教の諸要素は、紀元前五世紀から、つまりヘラクレイトス、ピタゴラス、ゼノンの時代から、日本で鈴木《すずき》大拙《だいせつ》博士が解説されている現代までずっと保たれてきました。要素はまったく変わっていません。宗教のほうは今では、神話や天文学、異質の信仰、魔術などと結びついていますが、複雑なテーマなので、様々な宗派に共通するところに限りたいと思います。そのような宗派は、ヒナヤナもしくは小乗に相当します。何よりもまず考慮しなければならないのが、仏教の寿命の長さです。

その寿命の長さは、歴史的な理由によって説明が可能ですが、そうした理由は偶然的つまり議論の余地のある、誤りがちなものです。それには二つの基本的原因があると思います。まず第一に、仏教が寛容であること。その不思議な許容性は、他の宗教の場合とは異なり、時代の変化とは無関係です。仏教は常に寛容でした。

仏教は武器に訴えることも火責めにすることもなかった。武器や火に説得力があるとは考えなかったのです。インドの皇帝、アショカが仏教徒になったとき、彼はその新しい宗教を他人に強制しようとはしなかった。良き仏教徒はルーテル教徒であってもいいし、メソジスト教徒、長老教会派、カルヴァン教徒、神道信者、道教信者、カトリック教徒であってもいい。イスラム教の改宗者であろうとユダヤ教の改宗者であろうと、まったくかまわないのです。それにひきかえ、キリスト教徒やユダヤ教徒、イスラム教徒は、仏教徒になることを許されていません。

仏教の許容性は弱点ではなく、仏教の性質そのものに属しています。仏教とは何よりもまず、ヨガと呼びうるものでした。ヨガとは何でしょうか。それは私たちが軛《ユゴ》と言うときに使うのと同じ言葉で、ラテン語のユグ yugu が語源です。軛《くびき》、人が自らに課す規律です。したがって、二千五百年前にベナレスの鹿《ガゼル》の園で行なったあの最初の説教でブッダが説いたことが理解できれば私たちは仏教が理解できるでしょう。といっても、理解するのではなく、それを深く感じる、肉体と魂で感じるのです。ただし、仏教は肉体の現実も魂の現実も認めません。それについてはこれから説明します。

　仏教の寿命の長さにはもうひとつの理由があります。仏教は私たちの信仰を大いに要求する。あらゆる宗教が信仰という行為である以上、当然のことです。それは、愛国主義が信仰行為であるのと同じです。私はしばしば自問してみるのですが、アルゼンチン人であるとはどういうことなのか。アルゼンチン人であるとは、私たちがアルゼンチン人であると感じることです。では、仏教徒であるとはどういうことなのか。仏教徒であるとは、理解することではない。そんなことはすぐにできてしまう。そうではなく、四つの崇高な真理と八つの道を感じることなのです。八つの道の難路に踏み入るのはやめましょう。その数字は、分けたものをさらに小さく分けていくというインドの習慣に従っているからです。そのかわり、四つの崇高な真理のほうに踏み入ってみましょう。

ところで、ブッダ伝説というのがあります。その伝説は信じなくてもかまいません。私には禅宗の仏教徒である日本人の友人がおりまして、彼とは親しく長い議論を闘わせてきました。私は彼に、ブッダの歴史的真実を信じると言ってきました。二千五百年前にシッダルタもしくはゴータマという名のネパール王子がいて、ついにブッダすなわち「目覚めた人」、「覚醒した人」になった――それにひきかえ私たちのほうは眠り続けている、あるいは人生というあの長い夢を見続けているのですが――ということを信じていましたし、今も信じています。ジョイスのこんな言葉を想い出します。「歴史とは私がそれから覚めたいと願っている悪夢だ。」さて、シッダルタは、三十歳のときに覚醒し、ブッダになりました。

仏教徒であるその友人と(私がキリスト教徒であるか否かは定かではありませんが、仏教徒でないことは確かです)、私は議論し、こう尋ねたものです。「紀元前五百年にカピロバストゥで生まれたシッダルタ王子のことをなぜ信じないのですか。」すると彼は答えました。「なぜなら、どうでもいいことだからです。大事なのは教義を信じることだ」と。さらに、真実を衝いているというよりは巧みな比喩でこう言い添えました。ブッダの歴史的存在を信じたりそれに興味をもったりすることは、数学の研究とピタゴラスやニュートンの伝記を混同するようなものだ、と。中国や日本の僧院の僧たちが瞑想するときのテーマのひとつは、ブッダの存在を疑うことです。それは、真実に到達するために必ず強いられる疑いのひとつなのです。

他の宗教は私たちに盛んに軽信を要求します。もしもキリスト教徒なら、私たちは、神の三位のひとつが人となり、ユダヤで十字架に掛けられたということを信じなければなりません。イスラム教徒なら、神は唯一であること、ムハマッドはその使徒であることを信じなければならない。ですが、私たちは良き仏教徒でありながらブッダが存在したことを否定できる。つまり、こう考えることができる、あるいはこう考えなければならない。歴史的なことを信じるのは重要ではない、重要なのは教義を信じることだ、と。とはいえ、ブッダの伝説はとても素晴らしいので、どうしても触れないわけにはいきません。

フランス人は特別な注意を払ってブッダ伝説の研究を行なってきました。彼らの議論はこうです。ブッダの伝記は短期間にただひとりの男の身に生じたことである。伝記はその通りだったかもしれないし、違っていたかもしれない。これに対し、ブッダ伝説のほうは、数多くの人々を啓発してきたし、今も啓発し続けている。その伝説は、多くの美しい絵画、彫刻、詩歌に霊感を与えてきたものである。仏教は、宗教であるうえに、神話、宇宙論であり、形而上学的体系、もっと正確にいえば、互いに理解し合うことなく、論駁し合う一連の形而上学的体系である、というのです。

ブッダ伝説は人を啓発しますが、それを信じることは強制されません。日本では、ブッダの史実性ではなく、教義が重要なのです。ブッダ伝説は天空から始まります。天空に誰かがいて、幾世紀もの間、文字通り数限りない世紀にわたって、自らの完成に励み続け、そしてついに次に人間の姿となるときにはブッダとなることを悟ります。

彼は自分の生まれるべき大陸を選ぶ。仏教の宇宙発生論によると、世界は四つの三角形に分かれていて、中心に黄金の山、メール山があります。彼はインドに相当する大陸に生まれることになります。それから彼は、自分が生まれる世紀を選び、カースト、母親を選ぶ。ここから、伝説の地上の部になります。地上にはマーヤという女王がいました。マーヤとは「幻」という意味です。彼女は川鮭《かわむつ》が泳ぐ夢を見る。その魚は、私たちには奇怪に見えますが、インド人にはそうではない。

彼女はやがてスッドーダナ王と結婚し、夢を見ます。黄金の山をさまよう六本の牙をもつ白象が、彼女の左の脇腹に入ってくる、だが彼女は何の痛みも感じない、という夢です。そして彼女は目覚める。すると王は占星師を呼び集めるのですが、彼らの説明では、王妃は男の子を産み、その子は世界を治める皇帝になるか、あるいはブッダ、「目覚めた人」、「覚醒した人」、すべての人間を救うよう運命づけられた人物になれるだろう、というのです。予想どおり、王は第一の運命を選びます。つまり、自分の息子が世界の皇帝になることを望むのです。

先ほどの六本の牙をもつ白象についてもう少し詳しく述べましょう。オルデンベルクの指摘だと、インドでは象はごくありふれた家畜です。白という色は常に無垢を象徴している。ではなぜ牙が六本なのでしょうか。ここで思い出さなければならないのが(ときには歴史的な説明も必要でしょう)、六という数は私たちにとってはいくらか落ち着きの悪い任意の数にすぎませんが(というのも私たちは三や七を好むからです)、インドではちがう。そこでは宇宙には六つの次元、すなわち上、下、後、前、右、左があると信じられている。六本の牙をもつ白象というのはインド人にとっては決して突飛な存在ではないのです。

国王は魔術師を召し集め、王妃は苦しむことなく子を産みます。菩提樹の木がその枝をたわめ、彼女に手を貸すのです。子供は立って生まれ、誕生の時に東西南北の四方位を指し示し、ライオンのような声でこう言います。「私は類なき者だ。私が生まれるのはこれが最後となるだろう。」インド人は、過去に数限りなく誕生を繰り返してきたと信じています。王子はやがて成長し、弓、馬術、水泳、闘技、書道の第一人者となったばかりか、ありとあらゆる学者を論破するようになります(このあたりはキリストと立法学者たちのことを想い起こさせます)。十六歳になると彼は結婚します。

父親は――占星師に教えられるのですが――息子が危険を賭してブッダになろうとしていることを知ります。老い、病い、死、苦行という人生の四つの事実を知ることにより、あらゆる人々を救うことのできる人間です。彼は息子を宮殿に閉じ込め、女性を大勢あてがいます。ただ、その数は、インド人によって明らかに誇張されているので、言いにくいのですが、敢えて言えば、八万四千人だそうです。

王子は幸福な生活を送ります。老いも病いも死も隠されているため、この世に苦しみが存在することを知りません。運命の日がやってきて、彼は四角い宮殿の四つの門のひとつ、つまり北の門から、豪華な馬車で外に出ます。しばらく走ると、それまで見たことのない人間を見ます。腰が曲がり、皺だらけで、毛がない。杖にすがり、歩くのもやっとという有様です。彼は、あれが人間だとすれば一体誰なのかと問います。すると御者は、あれは老人で、我々も生き続ければああなるのだ、と答えるのです。

王子は困惑のうちに宮殿に戻ります。六日が過ぎ、彼は南の門からふたたび外に出ます。すると今度は、溝の中に前よりもっと奇妙な人間がいるのを見るのです。ハンセン病のために皮膚は白く、顔はやつれている。彼はあれが人間ならば誰なのかと尋ねます。すると御者は、あれは病人で、我々も生き続ければああなるのだ、と答えます。

王子はすっかり不安になって、宮殿に戻ります。それから六日後、また出かけると、今度は眠っているような人間に会うのですが、その皮膚の色はこの世のものではない。その人間は他の人々によって運ばれていく。彼はそれが誰かを訊きます。すると御者は、あれは死者で、我々も十分に生きればああなるのだ、と答えます。

王子は悲嘆に暮れてしまいます。老い、病い、死という、三つの恐ろしい事実を彼は見せつけられたのです。彼は四度目の外出をします。今度出会ったのは、ほとんど裸で、落ち着きはらった顔をした人間です。彼はそれが誰かを尋ねます。すると、あれは苦行者で、すべてをなげうち、至福を手に入れた人間だ、という答えが返ってきます。

王子は何もかも捨てる決心をします。とても豊かな生活を送っていたのにです。仏教では、苦行は人生を経験した後に行なうのが適当であると考えられていますが、すべてを捨てなければ始めてはならないとは考えられていません。生活を徹底的に清め、その後人生の迷夢から覚めなければならないのですが、そのためには人生を知る必要があるのです。

王子はブッダになることを決心します。そのとき知らせがきます。妃のヤショダラが男の子を産んだというのです。彼は叫びます。「絆がひとつできてしまった」と。その子供は彼を人生に繋《つな》ぎ留める。そこで「絆」と名付けられます。シッダルタは後宮に行きます。そして若く美しい女たちを見ると、ハンセン病にかかったおぞましい老婆に見えるではありませんか。彼は妃の部屋に行ってみます。彼女は眠っている。彼は息子を抱き上げます。それから彼女に口づけしようとするのですが、そうすると彼女から離れられなくなることに気づき、立ち去ります。

彼は師を捜し求めます。ここには、必ずしも伝説とは限らない伝記の一部が含まれています。なぜなら、彼は、やがてそのもとを離れることになる師たちの弟子として描かれているからです。さて、師たちは彼に苦行を教え、彼はそれを何年にもわたって実践します。そのあげく、野原の真っ只中に倒れ、体は動かなくなります。神々はそれを三十三の天空から見て、死んだのだと思います。すると彼らのひとりで最も賢明な神がこう言うのです。「いや、死んではいない。彼はブッダになるのだ。」王子は目を覚まし、近くの小川へ走っていき、食物を少しばかり口にすると、聖なる菩提樹、法《ダルマ》の木といってもいいのですが、その下に坐るのです。

次に続くのが、ちょうど福音書に対応する不可思議なエピソード、すなわち悪魔との戦いです。悪魔の名はマーラ。私たちはすでに、夜の悪魔を意味する nightmare という言葉については検討を加えました。悪魔は世界を支配しているつもりでしたが、今は危険を感じ、その宮殿から出てきます。自分の楽器の弦が切れたり、貯水槽の水が枯れたりしたからです。悪魔は軍勢を整え、背の高さが何メートルあるか分からない象に乗り、腕の数を増やし、武器の数も増やして、王子を攻撃します。王子は日暮れどき、知識の木、彼の誕生と同時に芽生えたあの木の下に坐っています。

悪魔とその軍勢である虎やライオン、駱駝、象、怪獣の戦士たちは、王子に矢を射かけます。ですが矢は彼に届くと花に変わってしまいます。彼に大量の火が放たれますが、それは彼の頭上で天蓋になってしまいます。王子は腕を組んだまま動かず、黙想している。おそらく、攻撃を受けていることも知らないのでしょう。彼は人生のことを考え、涅槃《ニルヴァーナ》すなわち救済に近づきつつあったのです。日が沈む前に、悪魔は敗北を喫します。その後、長い黙想の夜がやってきて、夜が明けるとシッダルタはもはやシッダルタではなくなっている。彼はブッダになっている。涅槃《ニルヴァーナ》に達したのです。

彼は法《ダルマ》を説く決心をして、立ち上がります。もはや自分は救済されたので、他の人々を救いたいと思い、まずベナレスの鹿の園で最初の説教を行ないます。次に別の説教を行なうのですが、それは火の説教で、その中で彼は、何もかもが燃えていること、すなわち魂も肉体も物も炎に包まれていることを説くのです。ほぼその時代に、エペソのヘラクレイトスが、すべては火であるということを言っています。

彼の法は苦行のそれではない、というのも、ブッダにとって苦行は誤りだからです。人は肉体的生に身を任せてはならない。なぜなら肉体的生は低俗で卑しく、苦痛に満ちた恥ずべきものだからです。同様に苦行に溺れてもいけない。それもまた苦痛に満ちた恥ずべきものだからです。彼は――神学の用語を用いるなら――中道を説くのです。涅槃に到達した彼は、こうして説教に専念しながら四十年余りの生涯を送ります。ことによると不死の存在だったかもしれないのですが、多くの弟子ができると、彼は死期を選ぶのです。

彼はある鍛冶屋の家で死を迎えます。弟子たちは彼を取り囲み、嘆き悲しみます。彼なしで何ができるでしょうか。彼は一同に向かって、自分は存在していないということ、彼ら同様人間であり、彼らと同じくらい非現実的で、死ぬべき存在であるが、彼らに法を残すということを言います。ここにキリストとの大きな違いがある。キリストは弟子に、人が二人集まっているのなら私は三人目になるだろう、と言います。それにひきかえ、ブッダはこう言うのです。私はお前たちに私の法を授ける、と。つまり、彼は最初の説教において、法の車輪を回し始めたわけです。そこから仏教の歴史が始まります。そして様々な仏教が現れる。ラマ教、魔術的仏教、ヒナヤナもしくは小乗仏教、それに続くマハヤナもしくは大乗仏教、日本の禅宗という具合です。

私の考えでは、ブッダが説いた仏教に似ているものがあるとすれば、というより実際瓜二つなのですが、それは中国と日本で教えられているもの、すなわち禅宗だと思います。それら以外はすべて神話の被膜でおおわれた作り話です。そういった作り話にも興味をそそるものはあります。ブッダが奇蹟を行なえたことは知られていますが、キリスト同様彼も、奇蹟やそれを行なうことに不快を覚えていました。俗っぽいひけらかしに思えたからです。こんな物語があります。白檀《びゃくだん》の鉢の話です。

インドのある町で、ひとりの商人が、白檀の木を削って鉢を作りました。彼はそれを竹の束、とても背が高くつるつる滑る一種の柱のてっぺんにのせます。そして、触ることができた者にはその白檀の鉢をやると言うのです。異教の教師が何人か挑みますが失敗します。彼らは自分たちが触ることができたと言ってもらうために、商人に賄賂を渡そうとします。商人がそれを断ると、ブッダの下位の弟子がやってきます。弟子の名はこのエピソード以外では触れられていません。彼は空中に舞い上がると鉢の周囲を六回まわり、それを取って商人に渡します。この話を聞いたブッダは、非常にくだらないことをしたという理由で、その弟子を一門から追放してしまうのです。

しかしブッダはまた奇蹟を行なっている。たとえば、礼節の奇蹟というのがあります。ある真昼時、ブッダは砂漠を越えなければならなかった。すると神々が、三十三の天空から、それぞれがひとつずつ影を投げかけてやるのです。ブッダは神々を誰ひとりないがしろにしたくなかったので、三十三に分かれます。そうやって、それぞれの神が上から見ると、ひとりのブッダが自分が投げかけた影に守られていると見えるようにしたのです。

ブッダの業績の中に啓発的な話があります。矢の喩えがそれです。ひとりの男が戦で傷つきますが、自分に刺さった矢を抜かせようとしない。それより、射手の名前、属している階級、矢の材料、射手のいる場所、矢の長さを知りたがる。そんなふうにああでもないこうでもないとやっているうちに、男は死んでしまう。「私だったら」とブッダは言います。「矢を抜くことを彼に説くだろう」と。矢とは何か。それは宇宙だ。矢とは「私」という概念であり、我々を突き刺しているあらゆるものの概念である。我々は無意味な問題で時を無駄にしてはならない、とブッダは言います。たとえば、宇宙は有限か無限か。ブッダは涅槃の後、生きているのか否か。そんなことはすべて意味がない。重要なのは、我々が自分に刺さっている矢を抜くことだ。それはつまり悪魔祓いであり、救済の法なのです。

ブッダは言います。「あの広大な海の味がただひとつ、塩の味だけであるように、法の味とは救済の味なのだ。」彼の説く法は大洋のように広大ですが、ただひとつの味しかない。救済の味です。当然のことながら、後継者たちは、形而上学的探究に耽ることで時間を無駄に(あるいは多くの成果もあったのでしょうが)してきました。けれどそれは仏教の目的ではない。仏教の法に従っている限り、仏教徒はいかなる宗教をも信仰することができる。重要なのは救済と四つの真理、すなわち苦悩、苦悩の原因、苦悩の治癒、治癒に至るための方法なのです。最後には涅槃がある。真理の順序は重要ではない。それは病気、診断、治療、回復という、古代の医療の伝統に対応していると言われています。回復というのはこの場合涅槃にあたります。

さて、ここで私たちは難問にぶつかります。私たちの西欧的な思考が拒否しがちな問題です。私たちにとっては何よりもまず詩的である概念、輪廻転生です。輪廻転生するのは魂ではなく、というのも仏教は魂の存在を否定しているからですが、カルマといって、一種の精神機構で、それが無限に転生を繰り返すのです。西洋ではこの考えは、様々な思想家たち、ことにピタゴラスと結びついています。彼はある盾を、それが自分がまだ別の名前をもっていたときにトロイの戦争で使ったものだと気づくのです。プラトンの『国家論』の第十巻にはエルの夢が出てきます。この兵士は、魂たちが、忘却の川の水を飲む前に自分たちの運命を選ぶのを目撃するのです。アガメムノンは鷲になることを選び、オルフェウスは白鳥、ユリシーズ――自らを無人と名のったこともあります――は人間の中でもっともささやかでもっとも無名の人物になることを選びます。

アグリゲントのエンペドクレスに、彼の前世を想起させる一節があります。「私は少女だった、私は木の枝だった、私は鹿だった、そして私は海から飛び跳ねた物言わぬ魚だった。」シーザーはこの教義をドルイード僧に由来するとしています。ケルトの詩人タリージンは、宇宙にはかつて自分のものでなかった姿などないと言う。「私は戦の隊長だった、私は手中の刀だった、私は六十の河川に渡されたひとつの橋だった、私は魔法で水の泡に変えられた、私は星だった、私は光だった、私は木だった、私は本の中の単語だった、私は初め本だった。」ルベン・ダリオ*にこんな詩があります。彼の詩の中でもたぶんもっとも美しいと思いますが、それはこう始まります。「私は女王クレオパトラの／寝床で眠る兵士だった……。」

転生は文学の大きなテーマとなってきました。それは神秘家たちにも見出すことができます。プロティノスは、ひとつの生から別の生へ移ることは別の部屋の別の寝床で眠るようなものだ、と言っている。私たちはみんな、前世において似たような時を生きたという感じを、いつか抱いたことがあると思います。ダンテ・ゲイブリエル・ロセッティの「不意の光 Sudden light」という美しい詩の中に、「私はここにいたことがある I have been here before」という一節がある。それはかつて彼のものだったかあるいはこれから彼のものになろうとしている女性に向けられた詩で、彼はこう歌っています。「お前はすでに私のものに、数限りなく私のものとなってきたが、これからも永遠に私のものとなり続けるだろう。」ここに見られるのは循環論で、仏教に大変近く、また聖アウグスティヌスが『神の国』で反駁した考えです。

なぜなら、ストア派やピタゴラス派には、宇宙はカルパによって計られる無数の周期から成っているという、インドの教義が知らされていたからです。カルパは人間の想像力を越えている。鉄の壁を想像してみましょう。高さが十六マイルあるそれを、六百年ごとに一人の天使がこすります。ベナレスのとても上等な布でこするのです。高さ十六マイルのその壁がすり減ってなくなったときに、カルパのひとつの第一日目が過ぎるわけです。神々もまたカルパが続く限り生き続け、そして死んでいきます。

宇宙の歴史は多くの周期に分かれ、それらの周期には長い闇の期間があります。その期間は何もないか、「ヴェーダ」の言葉が残っているだけです。それらの言葉は、物を創り出すための原型となります。神格であるブラフマもまた死に、そして甦る。ブラフマがその宮殿に現れる瞬間は、実に感動的です。彼はそれらのカルパのひとつの後、それらの闇の期間のひとつの後に再生するのです。彼はすっかり空になっている部屋を次々と見てまわります。他の神々のことを考えます。彼の命令に従って、他の神々が現れます。彼らはブラフマが自分たちを作ったと思う。なぜなら彼らはかつてそこにいたからです。

この宇宙の歴史のヴィジョンについて考えてみましょう。仏教には唯一神は存在しない。あるいは存在するかもしれないが、本質的なことではない。本質的なことは、我々の運命が我々のカルマもしくはカルマンによってあらかじめ決められているということを信じることなのです。私がたまたま一八九九年にブエノスアイレスに生まれたとすれば、たまたま盲目になったとすれば、たまたま今宵《こよい》みなさまの前でこの講演を行なっているとすれば、すべて私の前世の結果なのです。私の人生で前世によって決定されていないことは何ひとつありません。それがカルマというものです。カルマは、すでに申し上げましたが、ひとつの精神機構、すばらしい精神機構となるのです。

私たちは人生の一瞬一瞬において、織り物を織ったり織りまぜたりしています。織られているのは意志、行為、半ば夢、眠り、半ば現《うつつ》ばかりではない。私たちは永遠にあのカルマを織り続けている。私たちが死ぬときには、別の生命が生まれ、私たちのカルマを引き継ぐのです。

ショーペンハウアーの弟子、ドイッセンは、仏教を大変愛した人ですが、インドで盲目の物乞いに出会い、意気投合したことを語っています。物乞いは彼にこう言いました。「私が盲目に生まれついたとすれば、それは前世に犯した罪のせいだ。だから盲目になってもおかしくはない。」人々は苦しみを受け入れるのです。ガンジーは病院の建設に反対しました。彼の言い分はこうです。病院や慈善事業というものは単に負債の返済を遅らせるだけだ、他の人間を助けてはならない、他の人間が苦しんでいるとすれば、彼らは苦しまねばならない、なぜならそれは贖《あがな》わねばならない罪であり、もし私が助ければ、彼らがその負債を支払うのを遅らせることになる、というのです。

業《カルマ》は残酷な法《ダルマ》ですが、面白いことにその帰結は数学的です。もしも私の今の人生が前世によって決められているなら、その前世は別の前世によって、そしてそれはまた別の前世によって決められている、という具合に果てしがない。つまり、zという文字はyによって決定され、yはxによって、xはvによって、vはuによってとなるのですが、ただしこのアルファベットには終わりはあっても初めがない。仏教徒やヒンズー教徒は一般に、現在の無限を信じています。彼らは、この瞬間に達するためにすでに無限《インフィニート》の時間が過ぎたと信じている。ここで「無限の」と言うときは「不定の《インデフィニード》」という意味でも、「無数の《インヌメラーブレ》」という意味でもなく、厳密に「無限の《インフィニート》」という意味で言っています。

人間に許された六つの運命(人は悪魔になる可能性があるし、植物、動物になる可能性もある)のうち、もっとも難しいのは人間になる運命であり、私たちはその運命を利用して自分たちを救済しなければなりません。

ブッダは海の底にいる亀と浮いている腕輪を想像します。六百年ごとに亀は海から頭を出しますが、頭が腕輪にはまることはきわめてまれでしょう。そこでブッダはこう言います。「私たちが人間となることも、亀と腕輪に起きることと同じくらいまれなのだ。私たちは涅槃に達するために、人間となったことを利用しなければならない」と。

唯一神という概念を否定してしまったら、宇宙を創る人格神がいないとしたら、苦悩の根源、生命の根源は何なのでしょうか。それはブッダが禅と呼ぶ概念です。禅という言葉は私たちには奇異に思えるかもしれませんが、それを私たちの知っている別の言葉と比較してみましょう。

たとえばショーペンハウアーの「意志」を考えてみます。ショーペンハウアーは「意志と表象としての世界 Die Welt als Wille und Vorstellung」を考えます。私たちのひとりひとりに体現されている意志というものが存在し、それが世界という表象を生む。この考えは、名称こそ変わりますが、他の哲学者にも見られます。ベルグソンは「生命の飛躍《エラン・ヴィタル》」について語り、バーナード・ショウはそれと同じものなのですが、「生命力《ザ・ライフ・フォース》」について語っています。ただひとつ違うのは、ベルグソンそしてショウにとって「エラン・ヴィタル」は強制されねばならない力であり、私たちは世界を夢見続け、世界を作り続けなければならないということです。ショーペンハウアー、陰気なショーペンハウアーにとり、またブッダにとって、世界は夢であり、私たちはそれを夢見るのをやめねばなりませんが、長い修業を積むことにより、それは可能となるのです。初めに苦悩があり、それが禅になります。そして禅は生命を産みますが、生命は否応無しに不幸です。なぜなら、生きるとはどういうことか。生きるというのは、生まれて、老いて、病いにかかり、死ぬことであり、その他様々な不幸を意味します。それらの中でもきわめて悲しく、ブッダにとってはもっとも悲しい不幸のひとつが、私たちが愛する人間と一緒にいないことです。

私たちは情熱を捨てなければなりません。自殺は何の役にも立たない、なぜならそれは情熱的な行為だからです。自殺をする人は常に夢の世界にいるのです。私たちは、世界が幻であり夢であること、人生が夢であることを理解しなければなりません。けれど私たちは、それを深く悟らねば、黙想の修業を通じてそれを悟らねばならないのです。仏教の僧院における修業のひとつにこんなのがあります。新たな弟子は自分の人生の一瞬一瞬を十分に経験しながら生きなければならないというものです。彼はこう思わなければならない。「今は正午だ、今私は中庭を横切っている、今私は僧院長に出くわした」

と。それと同時に、こうも思わなければならない。すなわち、正午も中庭も僧院長も非現実的である、それらは彼や彼の考えと同じくらい非現実的であると。なぜなら、仏教は自我を否定するからです。

主要な幻想のひとつに自我があります。仏教はそれを否定する点でヒューム、ショーペンハウアーそして我が国のマセドニオ・フェルナンデス*と一致します。唯一の自我というものは存在しない、存在するのは一連の精神状態です。かりに私が、「私は思う」と言えば、私は誤りを犯している、なぜなら私は不変の自我、それからその自我の行為すなわち思考を仮定しているからです。それは違う。ヒュームが指摘するように、「私は思う」ではなく「(人は)思う」と言うべきでしょう。それはちょうど、「雨が降る」と言うのと同じです。「雨が降る」と言うとき、私たちは雨がある行動を行なうとは考えません。そうではなく、何かが「起きて」いるのです。同様にして、「暑い」、「寒い」、「雨が降る」と言うように、私たちは、「(人は)思う」、「(人は)苦しむ」と言って、主語を避けなければなりません。

仏教の僧院では新たな弟子は大変厳しい規律に従わされます。彼らは好きなときに僧院から去ることができる。マリア・コダマに聞いたのですが、名前が記されることもありません。新たな弟子は僧院に入ると、非常に厳しい仕事をさせられる。眠ると十五分後に起こされる、洗濯や掃除をしなければならない、眠ったりすると体罰を受ける。だから彼は常に自分の罪のことではなく、あらゆることの非現実性のことを思わなければならない。彼はいつでも非現実性についての訓練をしなければならないのです。

ここでいよいよ禅宗とボディダルマの話になります。ボディダルマは、六世紀に、最初の説教師となりました。彼はインドから中国に渡り、そこで仏教を保護奨励していた皇帝に会います。皇帝は彼に僧院や聖堂の数をあげ、新たな仏教徒の人数を伝えます。するとボディダルマは皇帝に次のように言うのです。「そういうものはすべて幻の世界に属している。僧院も僧侶もあなたや私と同じように非現実的だ。」それから彼は黙想をしに出かけ、壁に向かって坐ります。

その教えは日本に伝わり、様々な派に分かれます。中でももっとも有名なのが禅宗です。禅宗では悟りに達するための手順が発見されました。ただ、何年も黙想を続けた後でなければそれは役に立ちません。それは突如として訪れるもので、一連の演繹法から生ずるのではない。人は不意に真理を直観しなければならないのです。その手順は「悟り」と呼ばれ、論理をはるかに越えた、突如として起きる物事から成っています。

私たちは常に、主観と客観、原因と結果、論理と非論理、何かとその反対、という言い方で思考しますが、そのような範疇は越えなければなりません。禅宗の教師によれば、非論理的な答えを通じ、不意の直観によって真理に到達するのです。新たな弟子が師に向かって、ブッダとは何かと問いました。すると師は、こう答えました。「糸杉は果樹園なり」。まったく非論理的な答えですが、これが真理を呼び覚ますこともあるのです。新たな弟子が、なぜボディダルマが西からやってきたのかと尋ねます。師はこう答えるかもしれない。「亜麻布、三ポンド」。これらの言葉に寓意的な意味はない。それは不意の直観を呼び覚ますために放たれた答えなのです。それは殴打のこともあります。弟子が何かを問うと、師が殴打をもってそれに答えることもある。ボディダルマについて——もちろん伝説です——こんな話があります。

ボディダルマに付き添っていた弟子が、彼に質問します。ボディダルマは決して答えようとしなかった。そこで弟子は黙想しようと努めます。一時が経つと、彼は自分の左腕を切り落とし、弟子になりたいことの証しとして師にそれを見せます。自分の意図の証拠として、わざと不具になるのです。師は、つまるところ肉体的であり、錯覚にすぎないそのことには目もくれず、こう尋ねます。「何の用かね?」弟子は答えます。「私は長い時間私の心を捜し求めましたが、見つけられませんでした。」師は反論します。「お前が見つけられなかったのは、それが存在しないからだ。」その瞬間、弟子は真理を理解します。自我が存在しないこと、すべては非現実であることを悟るのです。ここに禅宗のおよその本質があります。

ひとつの宗教、ことに自分が信仰していない宗教について解説するのは大変難しい。大事なのは、仏教を一組の伝説としてではなく、ひとつの規律として生きることだと思います。その規律は、私たちに可能であり、私たちに苦行を要求したりしません。それは放縦な肉欲生活に溺れることも許しません。私たちに要求するのは黙想です。それは私たちの罪、私たちの過去についての黙想である必要はありません。

禅宗の黙想のテーマのひとつが、私たちの過去の生は錯覚にすぎないと考えることです。もしも私が仏教の僧であれば、今私が生き始めたばかりのこの瞬間に、ボルヘスの過去の生はすべて夢だった、世界の歴史はすべて夢だったと考えることでしょう。知的な訓練を通じて私たちは禅から自由になります。一度自我が存在しないことを理解すれば、私たちは「私」が幸せになるかもしれないとか「私」を幸せにすることこそ私たちの義務だなどと考えないでしょう。私たちは静の境地に達するのです。けれどそれは、涅槃が思考の停止に等しいという意味ではない。その証拠がブッダの伝説にあります。ブッダは聖なる菩提樹の下で涅槃に達しますが、それにもかかわらず長い年月にわたって生き続け、法を説き続けています。

涅槃《ニルヴァーナ》に達するとはどういうことか。ただ私たちの行ないがもはや影を落とさなくなるにすぎません。この世にいる間、私たちは業《カルマ》に縛られている。私たちの行ないのひとつが、業《カルマ》と呼ばれるあの精神構造を織り成しているのです。が、私たちが涅槃に達すると、私たちの行為はもはや影を落とさなくなり、私たちは自由になります。聖アウグスティヌスは、救済されれば私たちには善悪のことを考える理由がなくなる、と言いました。私たちは考えることなく、善を成し続けるのです。

涅槃《ニルヴァーナ》とは何か。仏教が西欧で注目された最大の理由はこの美しい言葉にあります。涅槃という言葉には、どう見ても何か素晴らしいものが秘められているようです。文字通りの涅槃とは何でしょう。それは消滅、消え去ることです。涅槃に達した者は消えると想像されたのです。けれど、人が死ぬとき、大きな涅槃があり、そして消滅がある。ところがあるオーストリアの東洋学者は、ブッダがその時代の物理学を用いていること、消滅という観念がそのころと今では違うことを指摘しています。なぜなら、炎というものは消えてもなくならないと考えられていたからだ、と言うのです。炎は生き続け、別の状態で保たれると考えられていたのです。したがって、涅槃と言っても、必ずしも消滅を意味したわけではありません。私たちは別の形で生きながらえるということなのかもしれません。私たちには思いもよらぬ形で。一般に神秘家の用いる暗喩は、婚礼に関係がありますが、仏教徒のは違います。涅槃について言うとき、涅槃の葡萄酒とか涅槃の薔薇あるいは涅槃の抱擁ということは言いません。それはむしろ島に喩えられます。嵐の真っ只中にある不動の島です。あるいは高い塔に喩えられたり、庭園に喩えられたりすることもあります。それは私たちとは無関係に、それ自体で存在しているものです。

今宵《こよい》お話ししたことは完全ではありません。長年親しんできたからと言って——実のところさして分かってはいないのですが——ひとつの教義を、博物館の展示物を見せるがごとく披露するような愚かな真似はできませんでした。私にとり仏教は、博物館の展示物ではない。それは救済に至る道なのです。私にとってだけではありません。数多の人々にとってもそうです。それは世界で一番普及している宗教なのです。今宵私は最大限の敬意をこめて、仏教についてお話ししたつもりです。

第五夜　詩について

紳士、淑女のみなさま

アイルランドの汎神論者、スコトゥス・エリウゲナは、聖書が無数の意味を内包すると言い、それを孔雀の玉虫色の尾羽に喩えました。それから何世紀もの後、スペインのあるカバラ学者は、神はイスラエルの人間ひとりひとりのために聖書を作った、だから読者の数だけ聖書があるのだ、と言いました。このことは、もしも神が聖書の作者であると同時にその読者各々の運命の作者でもあると考えるならば、認めることができます。これら二つの名言、スコトゥス・エリウゲナによる孔雀の玉虫色の尾羽というそれと、スペインのカバラ学者による読者の数だけの聖書というそれは、二つの証左と考えられます。すなわち前者はケルト的想像力の、後者は東洋的想像力の、それぞれ証左となっている。しかし、敢えて申し上げますが、それらの名言は聖書についてばかりでなく、再読に値するいかなる書物についても正しいのです。

図書館とは魔法にかかった魂をたくさん並べた魔法の部屋である、とエマーソンは言いました。私たちが呼べば、魂たちは目を覚まします。ある本を私たちが開かなければ、その本は文字通り、そして幾何学的にも、一冊、数ある中のひとつの物にすぎません。が、私たちがそれを開くとき、本がその読者に出会うとき、初めて美学というものが生じます。そしてその同じ本は同じ読者に対してさえ変化する、何かを加えることができるのです。というのも私たちが変わるからであり、私たちは(私好みの引用を再び用いるなら)ヘラクレイトスの川であるからです。昨日の人間は今日の人間ではない、そして今日の人間は明日の人間ではないだろう、と彼は言いました。私たちは絶え間なく変化している、だからこう言えます。ある本を読むたびに、それを再読するたびに、そしてその再読を想い出すたびに、元のテクストは新しくなるのだと。テクストもまたヘラクレイトスの変化する川なのです。

このことから想い出されるのがクローチェの説で、奥深いかどうかはともかく、さして害になるものではない。つまり文学とは表現であるという考えです。ここからさらに想い出されるのがクローチェのもうひとつの説で、忘れられていることが多いのですが、それは、もし文学が表現であるならば、文学は言葉によって作られている、そして言語もまた美学という現象である、というものです。言語は美学的な事柄であるというこの概念はいささか認めにくい。クローチェの説を信奉している人間はほとんどいませんが、誰もが絶えずそれを援用しています。

私たちはこう言います。スペイン語は響きのよい言語だ、英語は音の変化に富んだ言語である、ラテン語には後に生じたあらゆる言語が得たいと願う特別な威厳が備わっていると。つまり私たちは言語を美学の範疇にあてはめているのです。言葉は現実、私たちが現実と呼ぶあのきわめて神秘的なものに対応するという誤った考え方がある。しかし、実際には言葉は別のものなのです。

黄色く、輝き、形を変えるもののことを考えてみましょう。それは空で円い形をしているときもあれば、弓の形をしているときもある。満ちたり欠けたりするときもあります。誰かが——しかしその誰かの名を私たちは決して知ることはないでしょう——私たちの祖先、私たちの共通の祖先が、言語によって異なりますがいずれも見事な、「月」に相当する名をそれにつけました。私に言わせれば、ギリシア語の Selene という語は月を指すには複雑すぎる。一方、英語の moon という語にはどこかのんびりしたところ、月にふさわしい緩慢さ、月に似た何かをその語に付与しています。なぜならそれはほとんど円環的で、始めと終わりの文字がほぼ同じだからです。月《ルナ》という言葉、私たちがラテン語から受け継いだあの美しい言葉、イタリア語と共通するあの美しい言葉について言えば、二音節語、二つの部分から成っていますが、おそらくそれでも過剰なほどです。ポルトガル語の lua は出来映えにおいていささか劣る気がする。またフランス語の lune にはどこか神秘的なところがあります。

今私たちはスペイン語で話をしているのですから、luna という言葉を選ぶことにしましょう。誰かが、いつか、luna という言葉を発明したと考えてみます。もちろん、最初の発明はずいぶん違っていたはずです。それにしても、月《ルナ》という言葉をその音もしくは別の音で口にした最初の人間のことが、どうしてもっと問題にされないのでしょうか。

私が一度ならず引用する機会のあった暗喩があります(変わり映えしなくて申し訳ありませんが、私の記憶は七十余年の古い記憶なのです)、それはペルシアの暗喩で、月は時の鏡なりというものです。「時の鏡」という言い回しには、月のはかなさと永遠性が同居している。ほとんど透明で、無に近いけれど、その寸法は永遠に変わらないという、月に備わる矛盾がそこにあります。

ドイツ語では luna という語の性は男性です。それゆえニーチェは、月は羨ましげに地球を見ている僧侶であるとか、星の絨毯を踏む猫 Kater であると言えたのです。文法上の性もまた詩に影響を及ぼします。月と言うことあるいは「時の鏡」と言うことは、美学的には二つの事柄になります。ただし、後者は二級の作品である、というのは、「時の鏡」は二つの単位からできているが、「月」はおそらくもっと効果的な単語であり、月の概念をより効果的に示すからです。単語はそれぞれが詩の作品なのです。

散文は詩よりも現実に近いと考えられている。私はそれは誤りだと思います。短篇作家オラシオ・キロガ*のこんな見解があります。もしも冷たい風が川岸から吹いてくるなら、ただ単に、「冷たい風が川岸から吹いてくる」と書かなければならない、と彼は言うのです。仮にそう言ったのだとすれば、キロガは、その構文が、川岸から吹いてくる冷たい風と同じくらい現実から離れているということを忘れているようです。私たちは何を感じるでしょうか。空気が動くのを感じます。それを私たちは風と呼んでいる。その風が、ある方角、川岸から吹いてくるのが感じられる。そしてこれらすべてから、ゴンゴラの詩あるいはジョイスの名文句のようなきわめて複雑なものを、私たちは作り出すのです。「冷たい風が川岸から吹いてくる」という文に戻りましょう。私たちは「風」という主語、「吹いている」という動詞、「川岸から」という実際の状況を作り出します。これらはすべて現実からかけ離れている。現実はもっと単純なものです。キロガによって選ばれた、明らかに月並であり、意図的とも見えるほど月並かつありきたりのその文は、実は複雑な文です。そしてそれは構造なのです。

ここで、「田園の緑の静寂」という、カルドゥッチの有名な詩句を取り上げてみましょう。私たちはこう考えるかもしれません。この詩句は誤っている、カルドゥッチは付加形容詞の位置を変えてしまった、彼は「緑の田園の静寂」と書くべきだった、と。すると現実の知覚ということが問題になります。私たちの知覚とはいったい何か？　私たちはいくつもの事を同時に感じることができる。（「事」という語はあまりに実在的かもしれません。）私たちは田園を、田園の広々とした存在を感じます。緑と静寂を感じます。だいいち、この「静寂」を用いるための言葉が存在するということ自体、すでに美学的創作なのです。なぜなら、ある人物が沈黙しているとか、活動が静かだというように、静寂という語はかつては人間に用いられたからです。したがって、「静寂」を、田園で物音がしないという状況に適用することは、すでに美学的操作であり、それは彼の時代には疑いもなく大胆なことでした。「田園の緑の静寂」と言うとき、カルドゥッチは、「緑の田園の静寂」と言うがごとき間近な現実にきわめて近いけれどきわめて離れてもいる何かを言っているのです。

この代換法についてては、もうひとつ有名な例があります。Ibant obscuri sola sub nocte per umbram（孤独な夜の下、闇をくぐり、彼らは黒い影となって進んでいた）という、ウェルギリウスのあの極上の詩の一節がそれです。詩句の長さを揃えるための per umbram の部分は今は脇に置き、「孤独な夜の下、彼ら（アエネアスとシビラ）は黒い影となって進んでいた」（「孤独な」はラテン語だと sub の前に来るのでもっとも強調されます）の部分を取り上げることにしましょう。自然な語順は「暗き夜の下、彼らは孤独に進んでいた」ですから、単語の位置は変えられていると考えられるでしょう。それにもかかわらず、アエネアスとシビラに思いを馳せ、二人のイメージを想い描いてみれば、「孤独な夜の下、彼らは黒い影となって進んでいた」というのが、「暗き夜の下、彼らは孤独に進んでいた」というのと同じくらい、私たちの描くイメージに近いことが分かると思います。

言語とは美学的創造です。それについては疑問の余地はないと思います。その証拠のひとつが、ある言語を学び、単語を近くから見ざるをえないとき、私たちはそれらの単語を美しいと、あるいは美しくないと感じるということです。ある言語を学ぶとき、人は虫眼鏡で単語を観察し、この単語は美しい、この単語は美しくない、この単語は重いと考えます。ところが母語の場合にはそういうことは起きない。話していることから単語が分離するようには感じられないからです。

クローチェは言っています。もしある詩句が表現であるなら、その詩句を作っている部分のひとつひとつ、言葉のひとつひとつがそれ自体において表現力を備えているなら、詩は表現であると。そんな陳腐なことなら誰でも知っているとみなさまおっしゃるかもしれない。しかし、私たちがそれを知っているかどうかは分かりません。私たちはそれを周知のことと感じているのだと思います。なぜならそれは真実だからです。問題は、詩は図書館の本ではない、エマーソンの魔法の部屋の本ではないということです。

詩とは読者と書物の出会い、書物の発見です。そしてもうひとつの美学的経験がある。これも実に不可思議な瞬間なのですが、詩人が作品を宿す、彼が発見あるいは発明していく、そういう瞬間が存在するのです。一般に知られるところによれば、ラテン語では

「発明する」という言葉と「発見する」という言葉は同意語です。こういったことはすべてプラトンの学説に一致していて、発明する、発見すると言えば、それは思い出すことなのです。さらに、フランシス・ベーコンが言うには、もしも覚えるということが思い出すということであるのなら、知らないということは忘れることができるということである。何もかもすでに存在している。私たちに必要なのは、それを知ることだけなのです。

何かを書くとき、私はその何かが予《あらかじ》め存在しているという気がします。まず、ある一般的概念から出発します。私には始めと終わりがおよそ分かっている。それから、徐々に中間の部分を見つけていきます。しかし、それらを創作しているという感じはない。それらが私の自由意志に従っているという気がしないのです。物事はあるがままです。あるがままだけれど、隠れている。そして、私の詩人としての務めは、それらを見つけ出すことなのです。

ブラッドリーは、詩の効用のひとつは私たちに、何か新しいものを発見するのではなく、何か忘れていたものを思い出すという印象を与えることであるべきだ、と言いました。優れた詩を読むとき、私たちは、自分にもそれが書けたのではないかと、その詩は自分の中にすでに存在していたのだと思います。ここから導き出されるのが、「あの身軽で素早い神聖なもの」というプラトンによる詩の定義です。しかしそれは定義として紛らわしい、というのも、その身軽で素早い神聖なものは音楽(詩が音楽のひとつの形態であるということは別にして)かもしれないからです。プラトンは、詩の定義にはるかにまさることをしています。すなわち、その模範となる詩を書いてみせたのです。ここで私たちは、詩とは美学的経験であるという概念に到達する。それは詩の教育における革命のようなものです。

私はブエノスアイレス大学の哲文学部で英文学の教師として勤めてきましたが、そこで心掛けてきたのが文学史の可能性を無視するということです。学生たちから書誌を請われると、私はこう答えたものです。「書誌など重要ではない。結局のところ、シェイクスピアはシェイクスピアに関する書誌のことなど何も知らなかったのだから」と。ジョンソン博士は自分について書かれることになる書物を予め知ることはできなかった。「どうして君たちは直接作品にあたらないのかね? 君たちがこれらの作品を楽しめるのなら、それで結構。だが、もし楽しめないのなら、読むのをやめなさい。義務としての読書などという考えは、馬鹿げた考えなのだから。義務としての幸福について話をする方がずっと増しだ。詩とは感じ取るものだと私は思う。だからもし君たちが詩を感じ取れないのなら、美しいと感じられないのなら、もし小説が、それからどうなったのかを知りたいという気持ちにさせてくれないのなら、作者は君たちのために書いたのではない。それを脇に置きなさい。文学というのはとても豊かなもので、君たちの興味を引くのにふさわしい作者もいれば、今はふさわしくなく、君たちが将来読むであろう作者もいるのだから。」

こうして私は、定義する必要のない美学的事実を頼りに教えてきました。美学的事実というのは、愛や果物の味や水と同じくらいはっきりしていて、直接的で、定義不可能です。私たちは、近くに女性がいるのを感じ取るようにあるいは山や海の入江を感じ取るように、詩を感じ取ります。私たちが詩を即座に感じ取るのであれば、なぜそれを、私たちの感情よりも強度において確実に劣る他の言葉で薄めなければならないのでしょうか?

詩をあまり感じ取れない人がいます。そして一般にそういう人たちはそれを教えることを仕事としています。私は自分が詩を感じ取れると思いますし、それを教えたことはないと思います。あれこれの作品に対する愛を教えたことはない。私が学生たちに教えてきたのは、いかにして文学を愛するか、いかにして文学の中に一種の幸福を見出すかということなのです。私は抽象的思考がほとんどできません。みなさまは気づかれたと思いますが、私は絶えず引用や記憶に頼っています。詩について抽象的な話をすることは一種の倦怠であり怠惰を意味しますから、それよりむしろスペイン語の作品を二つ取り上げ、検討することにしましょう。

よく知られた作品を二つ選びますが、その理由は、すでに申し上げたように、私の記憶は当てにならないからで、みなさまの記憶の中にすでに存在している作品を取り上げたいと思います。そこで、オスナ公爵ドン・ペドロ・テリュス・ヒロンの思い出に書かれた、ケベード*のあの有名なソネットについて考察してみましょう。まず、私がゆっくり朗読し、それから最初に戻り、行を追って見ていきます。

偉大なるオスナは祖国を失ったかもしれぬ
だが祖国を守ったその勲《いさおし》は失われはしない
スペインは彼に獄舎と死をもたらした
そのスペインで彼は運命の女神を虜にしたのだ

彼の国も異国も
彼を羨み次々と泣いた
彼の墓はフランドルの戦役《カンパーニャス》
彼の墓碑銘は血にまみれた月

彼の葬儀にパルテノペはベスビアスに火を点け
トゥリナクリアはモンジベロに火を点けた
軍の涙は洪水となった

軍神マルスは天の最良の場所を彼に与え
モーゼル、ライン、タホ、ドナウの諸河川は
悲嘆の言葉をつぶやいた

まず最初に気づくのは、これが裁判のときの弁論になっていることです。詩人はオス

ナ公爵の思い出を守りたいと思っている。彼が別の詩で言っているところによれば、この人物は「獄舎で果て、捕われの身で不帰の客となった」のです。

スペインは偉大なる戦役を公爵に負っていながら獄舎をもって彼に報いた、と詩人は言います。だが、それはまったく理屈に合わない。なぜなら、英雄には罪がないということあるいは英雄は罰せられないということは、根拠を欠いているからです。しかしながら、

偉大なるオスナは祖国を失ったかもしれぬ
だが祖国を守ったその勲は失われはしない
スペインは彼に獄舎と死をもたらした
そのスペインで彼は運命の女神を虜にしたのだ

の部分はデマゴギーです。お断りしておきますが、私はこのソネットについて好意的に話しているのでもなければその反対でもない。私はこれを分析しようとしているのです。

彼の国も異国も
彼を羨み次々と泣いた

この二行は詩的にはさして重要ではない。それらが置かれたのは、ソネットを作る必要からであり、しかも脚韻を踏む必要がある。ケベードは、四つの脚韻が要求される難しいイタリアのソネット形式に従っています。これに対しシェイクスピアは、二つの脚韻が要求される、より易しいエリザベス朝のソネット形式に従いました。ケベードは続けます。

彼の墓はフランドルの戦役
彼の墓碑銘は血にまみれた月

ここに本質があります。これらの詩行はその豊かさを両義性に負っています。これらの詩行の解釈に関する多くの議論を思い出します。「彼の墓はフランドルの戦役」とはどういう意味でしょうか？　私たちは、フランドルの野《カンポス》のこと、そして公爵が戦った戦役《カンパーニャス》のことを考えることができます。「彼の墓碑銘は血にまみれた月」は、スペイン語詩の中でも最も忘れがたい詩句のひとつです。それではどういう意味か？　私たちが思うのは、「黙示録」に現れる血にまみれた月、そして戦場の上に懸かる、その場にふさわしい赤い色をした月です。しかし、やはりオスナ公爵に捧げられたものですが、ケベードに別のソネットがあり、その中で彼は、「汝が遠征はすでにトラキアの月どもに／血まみれの食で花押《かおう》をしるす」と歌っている。ケベードは最初、オスマン帝国の旗のことを考えたようです。血まみれの食とは赤い半月のことでしょう。いくつもある意味のどれひとつをも退けないということで、私たちはみな意見が一致していると思います。だから、ケベードが言っているのは軍の遠征のことであるとか、公爵の軍務の記録、フランドルの戦役、戦場の上に懸かる血のように赤い月、あるいはトルコの旗であると決めつけるのはよしましょう。ケベードは常に、多様な意味を知覚しました。これらの詩行が優れているのは、それらが両義的であるからなのです。

次はこの一節です。

彼の葬儀にパルテノペはベスビアスに火を点け

トゥリナクリアはモンジベロに火を点けた

つまり、ナポリはベスビアス山に火を点け、シチリアはエトナ山に火を点けたというわけです。しかし、大変不思議なことにケベードは、当時あれほど人に知られていた名前からおよそ掛け離れて見えるこれらの古名を使っている。次はこうです。

軍の涙は洪水となった

ここに詩と合理的考えとは別物であることのもうひとつの証左があります。洪水を生むほど涙を流す兵士たちというイメージは明らかに馬鹿げている。だが、詩の場合はそんなことはありません。詩には独自の法則がある。「軍の涙」、とりわけ「軍の」には驚かされます。「軍の」は、涙に対して用いられるとき、驚くべき形容詞となります。

次の行です。

軍神マルスは天の最良の場所を彼に与え

これもまた、論理的には正当とみなすことができません。軍神マルスがオスナ公爵をカエサルのそばに宿営させたと考えることはまるで意味がない。この句が存在するのは、転置法のお陰です。それは詩の試金石といえる。すなわち詩行は意味を越えて存在するのです。

モーゼル、ライン、タホ、ドナウの諸河川は
悲嘆の言葉をつぶやいた

私が長年感銘を受けてきた行ではありますが本質的には正しくありません。自分が遠征した場所や有名な河川の涙を誘う英雄という着想にケベードは引きずられてしまった。しかし私たちはその着想が誤っているという気がします。むしろ本当のことを言えば、もっと本当らしくなったでしょう。たとえばワーズワースが、森を伐採したことでダグラスを非難している例のソネットの最後に言ったことを言う。彼はこう言っています。確かにダグラスが森に対して行なったことはひどい、堂々たる群落、「神々しい樹木の

兄弟愛」を破壊した、だが、と彼は言い添えます、我々は様々な害悪に苦しむが、自然そのものにとってそれは大したことではない、なぜならトイード川も緑の平原も丘も山もそのままだからだ。自然(かりに自然と称する実体が存在すれば)は、自分がそれらを回復できることを知っている。そして川は流れ続ける。

実際、ケベードにとっては河川の神性が問題だった。オスナ公爵の戦役に因んだ河川にとって彼の死は大したことではないという着想であれば、おそらくもっと詩的だったでしょう。けれども、ケベードは悲歌、人の死についての詩を書きたかったのです。人の死とは何か。プリニウスの所見によれば、その人間とともにひとつの顔が死に、二度と現れることはない。人はそれぞれ唯一の顔を持っている、そしてその人間とともに無数の事情、無数の記憶が死ぬ。子供時代の思い出や人間的な、あまりに人間的な諸々の特徴が。ケベードにはそういう思いがまったくないようです。友人オスナ公爵が獄死し、ケベードはこのソネットを書きますが、調子は冷淡です。本質的には無関心であることが感じられるのです。彼はそれを、公爵を獄屋に送る判決を下した国家に対する弁論として書いている。彼はオスナ公爵を愛していないようにさえ見えます。いずれにせよ、私たちが公爵を愛するようには仕向けない。にもかかわらず、これはスペイン語で書かれた偉大なソネットのひとつなのです。

別の例に移りましょう。エンリケ・バンクス*の詩です。バンクスはケベードより優れた詩人であるなどと言ったら、馬鹿ばかしく聞こえるかもしれません。それに、二人を比較することにどんな意義があるのか。

次のバンクスのソネットを検討し、これが快い理由を考えてみましょう。

温かく迎え忠実に映す
そこでは生けるものは
常に外観となる　鏡は
暗がりで月光のよう

夜　ランプの漂う光が
鏡に華やかさをもたらし
花瓶の瀕死の薔薇《ばら》は哀しみをもたらす
花瓶の中で薔薇は首《こうべ》を垂れる

鏡は　苦しみを二倍にすれば
私にとって魂の園であるものをも二倍にする
そしておそらく　いつの日か

その青味を帯びた穏やかな幻影の中に
客人が住まい　触れ合う額と絡まる手が
映ることを望んでいる

このソネットはとても不思議です。なぜなら鏡は主役ではないからです。実は隠れた主役がいて、最後に誰だか明かされるのです。それはともかく、まず優れて詩的なテーマがある。すなわち、ものの外観を二倍にする鏡です。

そこでは生けるものは
常に外観となる……

私たちはプロティヌスを思い出すことができます。肖像画を描かせてほしいと言われた彼は、それをこう言って断りました。「私そのものが影、天にある原型の影なのです。その影の影を作ってどうなりましょう。」芸術とは何か、プロティヌスは考えた、それは単なる副次的外観にすぎない、と。人間がはかない存在であるならば、人間の絵姿をどうして称えることができるのか。バンクスはそう感じた。鏡の幻影性を感じたのです。

実際、鏡が存在することは恐ろしい。私は鏡に対し常に恐怖を感じてきました。多分ポーも同じことを感じたのだと思います。彼のあまり知られていない作品の中に、部屋の装飾について書かれたものがあります。そこで彼が示している条件のひとつは、座った人間が映らないように鏡を配置するということです。この事実は、彼が鏡に自分が映るのを恐れていたことを教えてくれる。それは分身をテーマにした短篇「ウィリアム・ウィルソン」や同じく短篇「アーサー・ゴードン・ピム」によって知ることができます。南極に住むある部族の話ですが、その部族の人間のひとりが初めて鏡を見て、恐怖のあまり倒れてしまうのです。

私たちは鏡に慣れてしまっています。しかし、現実を目に見える形で倍加するということにはどこか恐ろしいところがあります。バンクスのソネットに戻りましょう。「温かく迎え」というのは決まり文句ですが、早くもこの詩に人間味を与えています。しかしながら、私たちは鏡が温かく迎えると考えたことなどありません。鏡はあらゆるものを黙って、優しいあきらめのうちに受け入れているのです。

温かく迎え忠実に映す
そこでは生けるものは
常に外観となる　鏡は
暗がりで月光のよう

私たちに見えるのは、それ自体が輝いている鏡ですが、さらに詩人はそれを月のような触れえぬものと比較します。彼は相変わらず鏡の不思議さ、奇妙さを感じている。すなわち「暗がりで月光のよう」だというのです。

次はこうです。

夜　ランプの漂う光が
鏡に華やかさをもたらし

「漂う光」というのは、事物が明確に定義しえないということを意味しています。すべては鏡のように、暗がりの鏡のように、きっとはっきりしないはずです。時は夕刻か夜でしょう。そしてこうなります。

……ランプの漂う光が
鏡に華やかさをもたらし
花瓶の瀕死の薔薇は哀しみをもたらす
花瓶の中で薔薇は首《こうべ》を垂れる

一切が曖昧になってしまわないように、ここで薔薇が出てくる。まぎれもない薔薇です。

鏡は　苦しみを二倍にすれば
私にとって魂の園であるものをも二倍にする
そしておそらく　いつの日か

その青味を帯びた穏やかな幻影の中に
客人が住まい　触れ合う額と絡まる手が
映ることを望んでいる

ここにこのソネットのテーマがある。それは鏡ではなく愛、慎みのある愛です。鏡自身は、触れ合う額と絡まる手が映ることを望んでなどいません。それを見たいと思っているのは詩人です。しかしある種の慎みにより、彼はそういうことのすべてを間接的に言わざるをえない。しかもそこには周到な伏線がある。というのも、冒頭から「温かく迎え忠実に……」となっている、つまり最初から鏡はガラスや金属の鏡ではないからです。鏡は人間なのであり、それは温かく迎え忠実なのです。そしてそれは私たちをして表層的世界を見ることに慣れさせ、その表層的世界は最後に詩人と一体化する。客人を、愛を見たがっているのは他ならぬ詩人なのです。

このソネットとケベードのそれとの間には本質的な違いがあります。それは次の二行を読むとき、私たちはただちに生き生きとしたポエジーの存在を感じるということです。

彼の墓はフランドルの戦役
彼の墓碑銘は血にまみれた月

私は言語について話し、ある言語を別の言語と比較するのは不当であると申し上げました。その論拠としてはスペイン詩の一行、たとえば次の一節を挙げれば十分でしょう。

誰がそのような幸運に
海の上で巡り合っただろうか
サン・フアンの朝
アルナルドス伯が巡り合ったように

その幸運が船であっても構わないし、アルナルドス伯というのも重要ではない。問題は、このような詩行はスペイン語でしか口ずさめないと私たちが感じることです。私にとってフランス語の音は快いものではありません。他のラテン系言語のもつ響きが欠けていると思うのです。しかし、ヴィクトル・ユゴーのそれのような素晴らしい詩を可能にした言語について、どうして悪しき考えを抱くことができるでしょう。

海蛇座は星の鱗を剥がされた身体をよじる

それがなければこのような詩が可能とはならなかったであろう言語をどうして咎められるでしょうか。

英語について言えば、古代英語の開母音を失ってしまったのが欠点だと思います。けれどもそのことは、次のようなシェイクスピアの詩を可能にしました。

And shake the yoke of inauspicious stars
From this worldweary flesh,

よい訳ではありませんが、これを訳せば、「そしてこの世に倦《う》んだ我らの肉体から、不幸な星の軛《くびき》を振り払うのだ」となります。スペイン語にしてしまうと身も蓋もないのですが、英語だと申し分ありません。仮に言語をひとつだけ選ばなければならないとすれば(もっとも、ひとつも選ばなくても構わないわけですけれど)、私にとってその言語はドイツ語でしょう。ドイツ語は複合語を形成する可能性を(英語同様、そして英語以上に)備え、開母音を持ち、素晴らしく音楽的です。イタリア語について言えば、『神曲』だけで十分です。

大いなる美が、多種多様な言語のうちに散在するという事実ほど、不思議なことはありません。私の師であるユダヤ系スペイン人の詩人、ラファエル・カンシノス＝アセンスは、主への祈りを書き残していますが、その中で、「おお、主よ、かくも大いなる美が存在しませんことを」と言っている。また、ブラウニングはこう言っています。「私たちがこの上なく無事だと思っているときに、何かが起きる、落日、エウリピデス悲劇のコロスの終わり、そして私たちはまた夢中になる」と。

美は私たちを待ち伏せています。もしも私たちが敏感であるならば、ありとあらゆる言語の詩にも、そのように美を感じることができるでしょう。

私はかつて、東洋文学を大いに勉強する必要がありました。ただし、翻訳を通じて瞥《べっ》見《けん》したにすぎないのですが、それでも私はその美に大きな衝撃を受けました。たとえば、ペルシアの詩人ハーフィズの、「私は飛ぶ、私の塵は私となるだろう」という詩行です。その中に、転生の教義のすべてがある。「私の塵は私となるだろう」、すなわち、私はもう一度生まれ変わるだろう、もう一度、別の世紀に、私は詩人、ハーフィズとなるだろう、ということです。それらすべてがわずかな言葉の裡にこめられていて、私はそれを英語で読んだのですが、ペルシア語とそんなに違ってはいないでしょう。

「私の塵は私となるだろう」は、単純すぎて変更の余地はなかったと思われます。

私は文学を歴史的に学ぶのは誤りだと思います。といっても、この私を含め、私たちにとって、おそらく他の方法はないのでしょうが。

私の目からすると、詩人としては優れているが批評家としては才能のない人物、マルセリーノ・メネンデス＝イ＝ペラヨ*が編んだ本に、『スペイン名詩百選』というのがあります。そこにこんなのが入っている。「私が怒れば、人々は笑う。」これがスペイン詩の秀作のひとつであるなら、秀作でない詩は一体どんなものなのでしょうか。しかし、その同じ本に、先に引用したケベードの詩やセビーリャの無名詩人による「書簡体詩」、その他多くの素晴らしい詩が収められている。残念なことに、メネンデス＝イ＝ペラヨ自身の詩はありません。それはアンソロジーから除かれてしまいました。

美はあらゆるところに存在する、たぶん私たちの人生の一瞬一瞬にあると思います。私の友人、ロイ・バルトロメウは、ペルシアで何年か暮らし、オマール・ハイヤームをペルシア語から直接スペイン語に訳していますが、その彼が、以前から私が想像していたことを言いました。それは、東洋では一般に文学も哲学も歴史的に学びはしないということです。パウル・ドイッセンやマックス・ミューラーが驚いた理由はそこにあります。彼らは作者を年代順に配列することができなかった。そこでは、言わばアリストテレスがベルグソンと議論し、プラトンがヒュームと議論するという具合で、哲学の歴史はすべて同時に学ばれるからです。

最後にフェニキアの船乗りの祈禱文を三つ引用してお話を終えることにしましょう。船が今まさに沈もうとしているとき――紀元一世紀のことです――、彼らは次の三つのうちのどれかを唱えていました。ひとつはこうです。

カルタゴの母よ、私は櫂《かい》を返します、

カルタゴの母というのはティロ市のことで、ディドはそこの出身です。次に、「私は櫂を返します」が来る。ここに驚嘆すべき要素があります。それは、フェニキア人が漕ぎ手としての一生しか考えていないということです。彼は自分の一生を終え、他の人々が船を漕ぎ続けるように櫂を返すのです。祈禱文のもうひとつは、さらに痛ましいものです。

私は眠り、それからまた船を漕ぎます。

この人物は別の運命を考えてはいない。そしてここには円環的時間という観念が現れています。

最後の祈禱文はきわめて感動的であるとともに、他の二つとは異なっています。というのも、運命を受け入れようとしてはいないからです。これは死にゆく人間の絶望を表わしている。恐ろしい神々に裁かれようとしている彼は、こう言っています。

神々よ、私を裁くときは神でなく
ひとりの人間として裁きたまえ
海に打ちのめされた人間として。

これら三つの祈禱文にただちに感じられるのは、あるいは私がただちに感じるのは、ポエジーの存在です。そこには美学的な要素がある。それは図書館や書誌、手稿の年代の前後関係や閉じた書物には存在しないものです。

フェニキアの船乗りによるそれら三つの祈禱文を、私はキップリングの『人の態度』という、聖パウロについての物語で読みました。あれは、人が言うように、本物なのか、それとも偉大な詩人キップリングが書いたものなのか？　そう自問した後で、私は恥ずかしい気持ちになったものです。なぜなら、二者択一しても意味がないからです。そこで私たちは、二つの可能性を、ひとつの両刀論《ジレンマ》の二つの刀を見ることにしましょう。

第一の場合、それはフェニキアの船乗りたち、海での人生しか考えられない海の男たちの祈りということになる。それがフェニキア語からギリシア語に、ギリシア語からラテン語に、そしてラテン語から英語になった。それをキップリングが書き直したということです。

第二の場合、偉大な詩人ラドヤード・キップリングは、フェニキアの船乗りのことを想像しています。彼は何らかの点で船乗りたちに近い、何らかの点で彼は船乗りたちなのです。彼は人生を、海の人生のように考え、先に引用した祈禱文を口ずさむ。しかし、すべては過去に起きたことです。無名の船乗りたちはこの世を去り、キップリングももはやこの世にはいない。それら鬼籍に入った人々の中の誰があれらの詩を書こうとあるいは考えようと、大したことではありません。

私に玩味しつくせるかどうかは分かりませんが、インドの詩人が生み出した、好奇心をそそる暗喩に、こういうのがあります。「ヒマラヤ山脈よ、ヒマラヤ山脈のあの高き山々よ(キップリングによると、その数ある頂《いただき》は他の山々の膝にあたるのだそうです)、ヒマラヤ山脈はシバの笑いだ。」高い山々は神の、それも恐ろしい神の笑いである。いずれにせよ、この暗喩は驚くべきものです。

私にとって、美とはある肉体的感覚、私たちが体全体で感じる何かです。それはある判断の結果ではない、私たちは法則によってそれに達するのではありません。美は私たちが感じるかあるいは感じないかというものなのです。

では最後に、十七世紀の詩人の優れた詩の一節を引用して締めくくることにしましょう。詩人の名はアンゲルス・シレジウス、奇妙なほど詩的ですが、実名です。この一節が、今宵私がお話ししたことすべての要約になるでしょう。ただし、思考もしくは見せかけの思考を介してお話ししたことは別ですが。まず最初にスペイン語で、次にドイツ語で読みますので、お聞き下さい。

薔薇《ばら》に理由はない、咲くから咲くのだ。

Die Rose ist ohne warum ; sie blühet weil sie blühet.

第六夜　カバラ

紳士、淑女のみなさま

カバラという名で知られる、多様にしてときに矛盾し合う一群の聖典解釈原理は、私たち西洋人のものの考え方とはおよそ無縁な概念、聖典の概念に由来します。すると、私たちにも類似した概念が存在するではないか、古典の概念がそれだ、と言われるかもしれない。しかし、両者の概念が異なることは、オスバルト・シュペングラーとその著『西洋の没落』*Der Untergang des Abendlandes* の助けを借りることによって、容易に証明できると思います。

まず「古典《クラシコ》」という言葉を取り上げてみましょう。それは語源学的にはどんな意味なのか。古典という言葉は、ラテン語の Classis すなわち「フリゲート艦」、「艦隊」が語源です。古典とは、艦内では何もかもがそうでなければならないように、英語で言うところの“Shipshape”すなわち「秩序の整った」書物のことです。その比較的穏当な意味の他に、古典には、そのジャンルの優れた書物という意味がある。そこで私たちは、『ドン・キホーテ』や『神曲』や『ファウスト』は古典であると言うのです。

それらの書物はおそらく過度なまでに絶讃されてきたにもかかわらず、その概念は異なっている。ギリシア人は『イリアス』や『オデュッセイア』を古典作品とみなしていました。プルタルコスが伝えるところによれば、アレクサンダー大王は枕の下に、『イリアス』と剣という、軍人としての運命を象徴する二つの品々を常に潜めていたそうです。それにもかかわらず、ギリシア人は誰も『イリアス』が一言一句まで完璧であるとは決して考えなかった。アレクサンドリアでは、図書館員たちは寄り集まって『イリアス』を研究し、その研究の中で、必要欠くべからざる(そして今では残念ながら忘れられてしまうことのある)句読点を発明したのです。『イリアス』は優れた書でした。それは詩の頂点に立つ作品とみなされていましたが、しかし言葉のひとつひとつ、六歩格の詩句のひとつひとつが賞讃せざるをえないものであるとは考えられていなかった。このことは、『イリアス』の概念が聖典の概念とは異なることを示しています。

ホラティウスはこう言いました。「良きホメーロスはときに眠っていることがある」と。しかし、良き聖霊はときに眠っていることがあるとは、誰も言わなかったでしょう。

ホメーロスが「怒れる男、それが私の主題だ」An angry man, this is my subject と言うとき、あるイギリス人翻訳者は、ミューズの意に反して（ミューズの概念というのはかなり曖昧です）、『イリアス』という書を一字一句賞讃すべきものとは見ていなかった。つまり、それを交替可能なものと見て、歴史的に研究しているのです。そのような作品は歴史的に研究されてきたばかりか、現在もそういう方法で研究されています。作品が状況の中に位置づけられる。聖典の概念は、まったく異なるものです。

今日私たちは、書物とはなんらかの主義主張を正当化し、擁護し、攻撃し、解説あるいは記述するための道具であると考えています。古代においては、書物は口頭語の代用品であって、それ以外の何物でもないと考えられていました。たとえばプラトンの一節を思い出してみましょう。彼はそこで、書物とは彫像のようなものだと言っている。生きているように見えるが、何かを訊いても、答えられない、と。この難問を解決するために、プラトンは例の対話を発明し、それによってある主題のありとあらゆる可能性を探究したのです。

また、プルタルコスによれば、マケドニアのアレクサンダー大王がアリストテレスに宛てたという、たいへん美しく、好奇心をそそる手紙の例があります。アリストテレスはその『形而上学』を出したばかり、すなわちいくつもの写本を作るように注文したばかりでした。アレクサンダーは、昔は選ばれた者だけが知っていたことを、今は誰でも知ることができてしまうと言って、アリストテレスを非難しました。するとアリストテレスは、おそらく誠実に、こう答えて自己弁護したのです。「私の書は公刊されましたが、しかし説明はしていません」と。書物がある主題を完全に説明し尽くすとは考えられていなかった。書物は口頭による教授のための一種の便覧とみなされていたのです。

ヘラクレイトスとプラトンは、それぞれ異なる理由によって、ホメーロスの作品を非難しました。その種の書物は尊ばれはするが、聖典とはみなされていなかった。その概念は特に東洋的といえます。

ピタゴラスは一行たりとも書き残すことをしなかった。たぶんテクストに束縛されたくなかったのでしょう。彼は、自分の死後もその思想が弟子たちの頭の中で生き続け、枝を広げることを望んでいたのです。そこから出てきたのが、「師曰く」magister dixit という表現で、これは常に誤用されている。しかし magister dixit というのは、「師がそう言った」と言って議論を閉ざしてしまうことを意味してはいない。あるピタゴラス学派の人間が、ピタゴラスの教えにはおそらく含まれてはいない学説、たとえば円環的時間の理論を唱えたとします。そして、「そんなことは教えの中にない」と言って攻撃されたとき、彼は「マギステル・ディクシット」と答える。そうすることで彼は教えを刷新できるのです。書物は束縛する、とピタゴラスは考えた、あるいは聖書の言葉を用いるならば、文字は人を殺し、霊は人を生かす、*と。

『西洋の没落』の魔術的文化に当てた章の中でシュペングラーは、魔法の書の原型は『コーラン』であると指摘しています。ウラマーすなわちイスラム法学者たちにとり、『コーラン』は他の書物と同じではない。それはアラビア語に先立つ(信じがたいけれどもそうなのです)本です。それは歴史的に研究することも文献学的に研究することもできない。なぜならアラブ人に先立ち、それがよって立つ言語そして宇宙に先立つものだからです。『コーラン』が神の作品であるということさえ認められない。それはもっと本質的で神秘的な何かである。正統なイスラム教徒にとって『コーラン』は、怒りや慈悲、裁きと同様、神の属性のひとつです。その『コーラン』自体の中で、神秘的な書物、書物の母のことが語られている。それは『コーラン』の原型で、天上にあり、天使たちに崇められているのです。

聖典の概念とはそういうものであり、古典の概念とはまったく異なっている。聖典においては、その言葉だけでなく、それが書かれている文字もまた聖性を帯びています。この概念をカバラ主義者たちは聖書の研究に適用しました。カバラ主義者たちの運用法《モドゥス・オペランディ》は、聖書に対して身の証を立て、自分たちを正統とするために、グノーシス派の思想とユダヤ神秘思想を混合したいという願望によっているのではないか、と私は思います。いずれにせよ、私たちは、カバラ主義者たちの運用法がいかなるものか、あるいはいかなるものであったか(私はこのことについて語る権利をほとんど持っておりませんが)を、おぼろげながら垣間見ることができる。彼らはその奇妙な学問をまずフランス南部、スペイン北部——カタルーニャ——、その後イタリア、ドイツで適用していき、さらに程度はわずかですがあらゆる地方で適用しました。その適用はイスラエルの地パレスチナにまで及んでいます。ただし、この学問はその地から生じたのではない。それはむしろグノーシス派とカタリ派の思想家に由来するのです。

その概念はこうです。つまり、「モーゼ五書《ペンタテウク》」すなわち「律法《トーラー》」は聖典である。ある無限の知性が、書物を編纂するなどという人間の仕事を引き受けたのです。聖霊が文学を引き受けた、これは神が人になったと考えるのと同じくらい信じがたい。しかし、聖霊はもっとも親密な形で仕事を引き受けてくれた。すなわち、聖霊は文学を引き受け、書物を書いたのです。その書物においては何ひとつ偶然ではありえない。人間の書くものには決まって何らかの偶然の要素があるものですが。

『ドン・キホーテ』や『マクベス』あるいは『ローランの歌』をはじめ、多くの書物が盲信的崇拝の対象になってきたことはよく知られています。一般にひとつの国にその種の書物が一冊存在するのですが、例外はフランスで、この国の文学は実に豊かなために、古典の伝統が少なくとも二つあります。が、その問題には立入らないでおきましょう。

ところで、あるセルバンテス研究者がふと思いついてこう言ったとします。『ドン・キホーテ』はｎで終わる二つの単音節語（en と un）で始まり、五文字の単語がひとつ（lugar）それに続き、二文字の単語が二つ（de と la）それに続き、五もしくは六文字の単語がひとつ（Mancha）それに続くと。さらに彼が、今述べたことから結論を導き出すことを思いついたとします。するとたちまち人は、彼は頭がおかしいと考えるでしょう。ところが『聖書』というのはそんな風に研究されてきたのです。

たとえば、聖書はベート bêth という文字で始まると言います。なぜ、「はじめに神《ディオセス》は天と地を創造された《クレオ》」と、動詞は単数形、主語は複数形で言うのでしょうか。またなぜ bêth という文字で始まると言うのか。それはヘブライ語では始まりの言葉ベレシート b^{e}rē'shith の頭文字がスペイン語の b――祝福《ベンディシオン》 bendición の頭文字――と同じでなければならないからです。テクストは、呪詛に相当するような文字で始まるわけにはいかなかった。祝福で始まらなければならなかった。bêth は祝福を意味するヘブライ語のベラハー b^{e}rakhah の頭文字なのです。

カバラに影響を与えたにちがいない要因がもうひとつあります。それはとても不思議なことなのですが、(偉大な作家サアベドラ・ファハルドの言うところによれば)自分の言葉を自分の仕事の道具とする神は、言葉によって世界を創るということ、神が光あれと言うと光があったということです。そこからカバラ学者たちはこういう結論に達します。すなわち、世界は「光」という言葉によって、あるいは神が「光」という言葉を言ったときの抑揚によって創られたと。もし別の言葉を別の抑揚で言ったとすれば、その結果生まれたのは光ではなく、別の何かだったでしょう。

ここで私たちは、これまでお話ししたのと同じくらい信じがたいことに行き当たります。それは私たち西洋人のものの考え方にショックを与えるはずの（私の考え方にとってはショックです）ことですが、それについてお話ししないわけにはいかないでしょう。言葉について考えるとき私たちは、それが歴史的に最初は音であり、後に文字になったと考えます。それにひきかえ、カバラ（「受容」、「伝承」という意味です）においては、文字の方が先であり、神が道具としたのは文字であって、文字によって意味を成す言葉ではないと想像されている。それはあたかも、あらゆる経験に反して、書くことが発話に先行すると考えられるようなものです。もしそうなら、聖書においては偶然なことは何ひとつ存在しない。つまりすべてはあらかじめ決定されていなければならない。たとえば各節の文字数がその例です。

さらに、各文字には同等の価値が与えられています。聖書はさながら暗号文、クリプトグラムのように扱われ、それを解読するために様々な規則が考案されました。聖書の文字は、それぞれ個別的に取り出して、他の言葉の頭文字と見ることができ、そうすることにより、その言葉の意味を読み取ることが可能です。同じことが、テクストの文字ひとつひとつについても言えるのです。

また、二つのアルファベット、すなわちヘブライ文字の、aからlまでのある文字は

mからzまでのある文字と対を成す場合があります。前半の文字と後半の文字はそれぞれ等しいものとみなされているからです。さらに、テクストは、(ギリシア語の言葉を用いるなら)「ボウストロフェドン boustrophedon」、つまり右から左へ、次に左から右へ、次に右から左へと読むことができる。しかも、文字にはそれぞれある数値を付与することが可能です。こうしたことのすべてからひとつの暗号法が形作られますが、それは解読可能であり、その結果は考慮に値する。というのも、無限である神の知性によって予見されているはずだからです。こうしてその暗号法によって、ポーの『黄金虫』を思い出させるその作業によって、教義に到達するのです。

教義は運用法より先にあったのではないかと私は思います。スピノザの哲学について起きたこと、すなわち幾何学的秩序のほうが後だったということが、カバラについてもありうるのではないでしょうか。カバラ主義者たちはグノーシス派の人々の影響を受け、あらゆることがヘブライの伝統と結びつくように、文字を解読するあの奇妙な方法を探し求めたのではないか、と私は思うのです。

カバラ主義者たちの不思議な運用法は、ある論理的前提、すなわち、聖書は絶対的テクストであり、絶対的テクストにおいては偶然の仕業は何ひとつありえない、という考えに基づいています。

絶対的テクストというものは存在しません。ともかく、人間の手になるテクストは絶対ではない。散文の場合は言葉の意味に注意を払い、詩の場合は音に注意を払います。しかし、無限の知性によって編纂されたテクスト、聖霊によって編まれたテクストの場合、それが衰えたり、ひびが入ったりすることがありうるでしょうか。すべては宿命的であるはずです。その宿命から、カバラ主義者たちは彼らの解釈原理を導き出しました。もしも聖書が無限の書き物でないのなら、人間の手になる多くの書き物とどこが違うのでしょうか。「列王記」は歴史書とどこが異なるのか。「雅歌」は詩とどう違うのか。聖書は孔雀の玉虫色の尾羽のように無数の意味を持っている、とスコトゥス・エリウゲナは言いました。

聖書には四重の意味があるという考え方もあります。この考え方によれば、宇宙のシステムは次のように説明できるでしょう。すなわち、初めにスピノザの神《ディオス》に類似した神《セール》がいた。ただし、スピノザの神《ディオス》は限りなく豊かです。それにひきかえ、エン・ソフ*は、私たちにとって限りなく貧しいものとなる。それは基本的な神《セール》であり、その神《セール》について私たちは、それが存在するとは言えません。なぜなら、それが存在するというのなら、星も存在するし、人や蟻も存在するからです。それらが同じ範疇に属することがどうしてありえるでしょうか。もちろんありえない。その基本的な神《セール》は、存在しないのです。また、神《セール》は思考する、と言うこともできません。思考するというのはある前提から結論へと進む、論理的方法だからです。それに、神《セール》は欲する、とも言えない。何かを欲するというのは、何かが自分に欠けていると感じることだからです。神《セール》は働く、とも言えません。エン・ソフは働かない。なぜなら、働くというのは、目的を立て、それを実行することだからです。そのうえ、もしもエン・ソフが無限であるなら(様々なカバラ思想家がエン・ソフを無限の象徴である海にたとえています)、どうして「他の何か」を欲することがありえるでしょう。それに、自分と混同されるかもしれない別の無限なる神《セール》以外の何を創り出すことができるでしょうか。しかし不幸にも世界の創造が必要であるため、十の「流出《エマナシオン》」、セフィロート*がある。それは神から生じますが、神より後というわけではありません。

それら十の流出《エマナシオン》を常に保ち続けてきた永遠の神《セール》という概念を理解するのは困難です。十の流出はひとつずつ生じる。それらは手の指に相当すると「創造の書」は言っています。最初の流出は王冠と呼ばれ、エン・ソフから発する一条の光、エン・ソフを衰えさせることのない一条の光、衰えさせることが不可能な無限の存在に匹敵します。王冠からは別の流出があり、その流出からまた別の流出が、その別の流出からさらに別の流出がということが、十になるまで続きます。流出はそれぞれ三つの部分に分かれている。その三つのうち、ひとつは、それを通して上位の存在たる神とつながっている部分で、もうひとつ、中央のそれは本質的な部分、さらにもうひとつは、下位の流出とつながっている部分です。

十の流出はアダム・カドモーンという名の原型的人間《オンブレ・アルケティポ》を作ります。その人間は天にいて、私たちは彼の反映なのです。十の流出からなるその人間は、世界をひとつ流出し、さらにもうひとつと、合計四つの世界を流出します。そのうちの三つ目が私たちの物質界で、四つ目はこれから述べる悪の世界です。すべてはアダム・カドモーンのうちに含まれている。彼は人間とその小宇宙、すなわちありとあらゆるものを含んでいるのです。

べつに私は博物館に陳列してあるような古臭い哲学の歴史のことを話しているわけではありません。このカバラの教説にはひとつ使い途《みち》がある。それは私たちが宇宙のことを考え、理解しようとするうえで役に立つのです。グノーシス派が現れたのはカバラ主義者より何世紀も前ですが、彼らも類似した教説を持ち、それは不確定な神を措定しています。プレロマ（十全なるもの）と呼ばれる神から別の神が流出し（私はイレナエウスの倒錯的な解釈に従っています）、そしてその神から別の流出があり、その流出から別の流出があり、その別の流出からさらに別の流出がある。それらの流出の各々がひとつの天となります（流出は塔を作っているのです）。その数は三六五ある。というのも、そこには占星術が混入しているからです。そして最後の流出、神性がゼロに近いその流出に至るとき、私たちは、この世界を創造した、エホバという名の神と出遭うことになります。

どうして彼は、こんなにも多くの過ち、こんなにも多くの恐怖、罪、肉体的苦痛、罪悪感、犯罪に満ち満ちたこの世界を創ったのでしょうか。それは、神性が、次第に少なくなっていきながらエホバに到達し、そのとき、誤りを犯しがちなこの世界を創ったからなのです。

十のセフィロートと四つの世界を作っていくメカニズムもこれとまったく同じです。それら十の流出は、エン・ソフ、無限のもの、隠されたもの、――カバラ主義者たちが彼らの比喩的な言葉で呼ぶところの――〈隠されたものども《ロス・オクルトス》〉から遠ざかるにつれて、力を失っていき、ついにはこの世界を創った流出にまで達します。誤りだらけで、不幸にさらされ、幸福は瞬時しか味わえないそんな私たちが住む、この世界です。これは不合理な考え方ではない。フロイトは「ヨブ記」を、ありとあらゆる文学における最大の作品とみなしていますが、その中で見事に扱われている、悪という永遠の問題と、私たちは向き合っているのです。

ヨブの話はみなさまも覚えておられるでしょう。義《ただ》しい人が迫害を受けます。男は神の前で身の証を立てることを望みます。男は友人たちによって有罪を宣告されます。男は自分の身の証を立てられたと思う。するとついに、神がつむじ風の中から彼に語りかけるのです。神は彼に、自分は人間による計測の彼方にいるのだと言います。神は象と鯨という二つの不可思議な例を挙げ、自分がそれらを創ったのだと言う。象、「べへモット(動物たち)」はあまりに大きいために複数形の名前を持っているのだと考えなければならない、とマックス・ブロートは評しています。それとの類推で、レヴィアタンとは、鯨と鰐という二つの怪獣かもしれません。それらの怪獣のように自分は不可解であり、人間には測りがたい、と神は言うのです。

神に人間的機能を付与するのは、あたかも三角形が神は見事な三角形をしていると言うようなものだ、とスピノザが述べるとき、彼もまた同じ考えに達しています。神は正しく、慈悲深いと言うのは、神には顔、目あるいは手があると言うのと同じくらい神人同形同性説的です。

それゆえ、優れた神性がひとつ存在するとともにそれより下位の流出が他にいくつもあるのです。神に責任を負わせないためには、ショーペンハウアーの言葉を借りて言うなら、責任が国王ではなくその大臣たちにあるようにするには、そしてそれら複数の流出がこの世界を創るためには、複数の流出というのはもっとも差し障りのない言葉のようです。

悪の擁護はこれまでに何度か試みられてきました。

まず最初が、神学者たちによる古典的擁護で、それは、悪は消極的であり、「悪」を語ることは単に善の欠如を語ることにすぎないと断言しています。分別のあるあらゆる人間にとって、それは明らかな間違いです。いかなる肉体的苦痛も、あらゆる快楽と同じくらい、あるいはもっと生き生きとしています。不幸は幸福の欠如ではない、それは積極的な何かである。自分が不幸であるとき、私たちはそのことをひとつの不幸として感じるのです。

悪の存在を擁護するためにライプニッツが行なった、大変鮮やかですが極めて欺瞞的な論証があります。二つの蔵書を想像してみましょう。ひとつは、完璧な書物と考えられおそらくその通りである、『アエネーイス』千冊からなる蔵書です。もうひとつは、多種多様な価値の書物千冊からなり、そのうちの一冊が『アエネーイス』である蔵書です。二つのうちどちらが優れているでしょうか。明らかに二つ目です。ライプニッツは、世界の多様性にとって悪は必要であるという結論に達しました。

よく引合いに出されるもうひとつの例が、絵画、つまりレンブラントの美しい絵の例です。画布の上に暗い場所がいくつかある、それを悪と見ることもできる。画布の例あるいは書物の例を引合いに出すとき、ライプニッツは、蔵書の中に悪書があるかもしれないということと、蔵書の中の書物がそれらの悪書であるということとは違うということを忘れています。もし私たちがそれらの悪書であるなら、私たちは地獄に堕ちなければなりません。

キルケゴールの恍惚を誰もが味わえるわけではない——また彼自身味わっていたかどうか私は知りません——。その彼がこう言っています、世界の多様性にとって必要な魂が地獄にただひとつあり、それが自分の魂であれば、彼は地獄の底から全能の神を褒め称えるだろう、と。

そのような気持ちを抱くことが容易であるかどうか私には分かりません。キルケゴールが地獄で何分か後に、同じことを考え続けていたかどうか。しかし、お分かりのように、その考えは、本質的な問題、悪の存在という問題と関わりがあり、この問題をグノーシス諸派やカバラ主義もまた同じように解決しています。

彼らは、宇宙は神性の部分がゼロに近いある不完全な造物主《ディビニダー》が創ったものであるとすることで、この問題を解決しました。すなわち、神《ディオス》ではなくある神《ディオス》、神の遠い後裔のある神《ディオス》が創ったというのです。神《ディオス》や造物主《ディビニダー》のあまりに范漠とした言葉に、あるいはグノーシス諸派の三六五の「流出」というバシレイデスの教説に、私たちの頭がついていけるかどうか、私には分かりません。けれども、不完全な神、この世界を不適当な材料でこね上げなければならない神という概念なら受け入れられます。その結果私たちは、God is in the making「神は成長しているところだ」と言ったバーナード・ショウに行き着くことになります。神とは過去に属さない何かであり、おそらく現在にも属していない、つまり、それは永遠なのです。神とは未来である何かである。すなわち私たちは、寛大で、しかも知的で、明晰であるなら、たぶん神の成長の手助けをしているのです。

ウェルズの『不滅の炎』のストーリーは「ヨブ記」をなぞっていて、主人公はヨブに似ています。その人物は麻酔が掛かっているとき、ある実験室に入る夢を見る。その設備は貧弱で、老人がひとり働いている。その老人は神で、ひどく苛立っているように見える。そして主人公にこう言います。「私はできる限りのことをしているのだが、実のところ、とてもやっかいな材料と格闘しているのだよ。」おそらく、悪というのは神にとって扱いにくい材料であり、善は扱いやすいものなのでしょう。だが、長い目で見ると、善は勝つことを宿命づけられており、現に勝っている。私たちの誰もが進歩を信じているかどうかは分かりませんが、私は少なくともゲーテの言う螺旋状の進歩、つまり、私たちは行きつ戻りつするものの、結局進歩している、という考えを信じています。残酷なことがあまりに多いこの時代に、どうしてそんなことが言えるのでしょうか。しかしながら、今は人が捕虜になると、獄舎へ、たぶん収容所へ送られますが、ともかく敵は捕虜になる。ところが、マケドニアのアレクサンダー大王の時代には、凱旋軍が敗者をひとり残らず殺し、敗れた都市が破壊し尽くされることはごく当然と思われていたのです。どうやら私たちは、知的にも進歩しつつあるようです。その証拠のひとつは、私たちがカバラ主義者たちの考えたことに興味を惹かれるという、このごくささやかな事実です。私たちには開かれた知性が備わっていて、他人の知性ばかりか他人の愚かさ、他人の迷信をも研究する用意ができている。カバラは博物館の陳列品であるだけでなく、思考の一種の暗喩でもあるのです。

ここで、カバラの神話のひとつ、摩訶不思議な伝説のひとつについてお話ししたいと思います。それはゴーレム伝説で、有名なマイリンクの小説に霊感を与え、私のある詩はその小説から着想を得ています。* 神が一塊の土（アダムとは赤い土という意味です）* を取り、生命を吹き込んでアダムを創る、それがカバラ主義者にとっての最初のゴーレムとなります。それは神の言葉、ひと吹きの精によって作られたのです。そして、神の名は、その文字がまぜこぜにならない限り、「モーゼ五書」のすべてである、とカバラで言われるとおり、誰かが神の名を所有するか、テトラグラマトン——神聖四文字——を曝《さら》すかして、それを正確に発音できれば、世界を創ることができ、ゴーレムすなわち人間を創ることもできるのです。

ゴーレム伝説は、私が読んだばかりのゲルショム・ショーレムの著書『カバラとその象徴的表現』において、見事に利用されています。この本はゴーレムのテーマに関するもっとも明解な本であると思います、というのも、私は、原資料を捜すことがほとんど無駄であることを確認できたからです。私はレオン・ドゥホブネの手になる、『セフェール・イェツィラー』すなわち『創造の書』の素晴らしいそして私には正確だと思われる翻訳(言うまでもなく私はヘブライ語を解しません)を読みましたし、『ゾーハル』すなわち『光輝の書』の翻訳も読みました。ただし、それらの書が書かれたのは、カバラを教えるのではなく暗示するためであり、カバラの研究者がそれらを読んで強化されたと感じられるようにするためです。それらの書は、アリストテレスの発表されたあるいは発表されなかった論文に似て、真実のすべてを語ってはいません。

話をゴーレムに戻しましょう。律法学者《ラビ》が神の秘密の名を覚えるかあるいは発見し、それを粘土で作った人形《ひとがた》に向かって唱える、すると人形は生命を得て、ゴーレムになると考えられています。ゴーレム伝説のひとつによると、ゴーレムの額に、真理を意味する「emeth《エメト》」という単語が記されます。ゴーレムは成長していきます。やがて背が高くなりすぎ、主人の手が届かなくなるときがくる。そこで主人は彼に靴の紐を結んでくれるように頼みます。ゴーレムが前屈みになると、ラビは息を吹きかけ、「emeth」の第一文字アレフを消すことに成功します。残るのは「meth」、死という意味です。ゴーレムは塵になってしまいます。

別の伝説では、ひとりあるいは数人のラビ、数人の魔術師がゴーレムを造り、それを別の師の許へ行かせます。この師もゴーレムを造れるのですが、そうした無益なことには関心がありません。師はゴーレムに話しかけますが、ゴーレムは答えない、口をきいたり考えたりする能力を否定されているからです。そこで師はこう申し渡します。「お前は魔術師たちの策略が生んだものだ。もとの塵に返れ。」するとゴーレムは崩れてしまいます。

最後に、ショーレムの語っているもうひとつの伝説を紹介しましょう。多くの弟子(たったひとりの人間では『創造の書』を研究し理解することはできません)が、ゴーレムを造るのに成功します。生まれたゴーレムは両手でナイフを握り、自分を造った者たちに、どうか殺してほしいと頼みます。「なぜなら、生きていれば私は偶像として崇められるかもしれないからだ」と。プロテスタントにとってと同様、ユダヤ教徒にとって、偶像崇拝は大罪のひとつです。彼らはゴーレムを殺します。

以上、いくつかの伝説を引合いに出してきましたが、ここでもう一度最初の問題、考慮に値すると思われるあの教義に戻りたいと思います。私たちにはそれぞれ神性の小片が備わっています。この世界は明らかに、全能にして公正な神の創ったものではありえない、それは私たちにかかっている。歴史学者や文法学者の好奇心を満たす研究対象であることを越えて、カバラが私たちに教えてくれるのはそのことです。ヴィクトル・ユゴーの偉大な詩「闇の口が言ったこと」のように、カバラはギリシア人が「apokatastasis《アポカタスタシス》」と呼んだ教義を教えてくれました。その教義によれば、カイン*や悪魔を含め、ありとあらゆる被造物は、長い転生の果てに、かつてそれが現れ出たところの神性と、ふたたび混じり合うことになるのです。

第七夜　盲目について

紳士、淑女のみなさま

これまで数多くの、いや多すぎるほどの講演を行なってまいりましたが、どうやらみなさまは一般的なことよりも個人的なことを、抽象的なことよりも具体的なことを好まれるようです。そこで今回は、私のささやかな盲目のことからお話ししてみましょう。ささやかなと言ったのは、まず第一に、片方は全盲ですが、もう片方は部分的な盲目だからです。いくつかの色はまだ分かる、緑と青はまだ識別できるのです。ところで、私に対して常に忠実だった色がある。それは黄色です。子供のころ(ここに妹がいれば彼女もきっと思い出すでしょうが)、パレルモ動物園のいくつかの檻の前に来ると、私の足は動かなくなってしまったものです。他でもない、虎と豹の檻の前です。虎の黄金と黒を目の当たりにすると、私は動けなくなってしまう。今でも黄色は私につきまとって離れません。「群虎黄金」という詩を書いたことがありますが、その中で私は、この黄色との仲について語っています。

さて、ここで普段かえりみられることのない事柄を取り上げてみたいと思います。もっともこれが一般的に言えるかどうかは分かりませんが。盲人というのは真っ黒な世界に閉じ込められていると思われています。シェイクスピアの詩に、この説を正当化する一節がある。Looking on darkness which the blind do see（盲人が見ている暗闇を見つめて）。もしも黒さを暗さと解釈するなら、シェイクスピアの詩は間違っています。

盲人（少くともこの盲人）がないのを寂しく思うのは黒と、そしてもうひとつ、赤です。「赤と黒」は私どもに欠けている色なのです。完全な闇の中で眠るのが習慣だった私にとって、この霧の世界、盲人の世界である緑がかっているかあるいは青味がかっていて、ほのかに明るい霧のたちこめる世界の中で眠らねばならないのは、長い間苦痛でした。できることなら闇にもたれたかった、闇に支えられたかったのです。今の私には赤はぼんやりとした茶色に見える。盲人の世界は人々が想像するような夜ではありません。いずれにせよ私は自分の名にかけて、また盲目で亡くなった父と祖母の名にかけてそう申し上げます。彼らは盲目でしたが、にこやかで勇気がありました。そして私も死を迎えようとしています。彼らからは多くのもの(たとえば盲目)を受け継ぎましたが、ただ勇気だけは別です。確かに彼らは勇敢でした。

盲人というのは大変居心地の悪い世界に暮らしています。不明確な世界、そこからはある種の色が現れる。私の場合はいまでも黄色、青(ただしこの青は緑かもしれない)、緑(ただしこの緑は青かもしれない)が現れます。白は消えてしまったかあるいは灰色と混じり合っています。赤について言えば、すっかり消えてしまっているのですが、いつか症状が良くなって(私は今でも治療を受けています)、あの偉大な色が見えるようになることを期待しています。詩の中でさんぜんと輝き、多くの言語において美しさきわまりない名称を持つあの色が。私が言っているのは、ドイツ語のシャルラッハ Scharlach、英語のスカーレット scarlet、スペイン語のエスカルラータ escarlata、フランス語のエカルラート écarlate のことです。あの偉大な色にふさわしい言葉ではありませんか。それにひきかえスペイン語のアマリーリョ〔黄色〕amarillo は響きが弱い。英語のイエロー yellow もアマリーリョにそっくりです。確かスペインの古語ではアマリエリョ amarie-llo だったと思いますが。

ともかく私は色のある世界に暮らしており、みなさまに申し上げたいのは、私のささやかで個人的な盲目についてお話ししたとすれば、それが人々が考えているような完全な盲目ではないからであり、私自身に関することだからです。私の事例は取り立てて劇的というわけではありません。劇的なのは、突如として視力を失った人々の場合です。それはいわば落雷であり、日食に等しい。しかし私の場合、そのゆるやかな黄昏(そのゆっくりとした視力の喪失)は、目が見えるようになったときに始まった。緩慢な黄昏が一八九九年以来半世紀以上にわたり、劇的瞬間を迎えることもなく延々と続いてきたのです。

今回の講演のために、敢えて悲劇的瞬間というのを思い出してみましょう。つまり私が読み手としても書き手としても視力を失ってしまったのを知ったその瞬間です。今ではっきりと覚えていますが、それは一九五五年のことでした。覚えているのは九月の記録的な大雨によってではなく、私の個人的な状況によるのです。

これまで私は身に余る名誉をいくつも授かってきましたが、何よりも嬉しかったのは、国立図書館長の職を与えられたことです。アランブールの自由革命政権が、文学的というより政治的理由から私をその職に就けたのです。

図書館長に任命された私は、市の南部《スール》、モンセラー地区のメヒコ街にある、思い出に満ちた建物へと戻ることができたのでした。まさか図書館長になれるなんて、思ってもみませんでした。こんな思い出もあります。夜、父と一緒に行ったときのことです。心理学の教師だった父は、ベルグソンだったかウィリアム・ジェイムズだったか、彼の好みの著者の本を請求しました。あるいはグスタフ・スピラーだったかもしれません。けれど私は本を請求するのが恥ずかしかったので、「ブリタニカ百科事典」だったかドイツのブロックハウスかマイヤーの百科事典だったかを見ていました。そしてたまたま手にした一巻を棚から抜き取るとそれを読んだのです。

ある晩、三つの項目を読み、その甲斐があったのを思い出します。それは dr という文字のいわば贈り物で、ドルイド教の司祭とドルーズ派の人間とイギリスの詩人ドライデンに関するものでした。でもそれほどの幸運に恵まれた晩は他にはありませんでした。図書館にはポール・グルーサックがいることも私は知っていました。できれば知己になりたいと思ってはいたのですが、そのころの私は大変内気だった。つまり今と同じくらい内気だったのです。当時は内気であることはとても大事だと思っていました。しかし今は、内気であることは人が克服すべき諸悪のひとつだと分かっています。実際、ひどく内気であることは人が重要視しすぎる多くの事柄同様、大事ではないのです。

一九五五年末に図書館長に任命された私はその職を引き受け、蔵書の数を訊きました。すると百万冊という答えが返ってきた。後で調べてみると九十万冊だったのですが、それでも十分すぎるほどの数でした。(九十万というのは百万よりも多く感じられるのではないでしょうか。「千の九百倍」ですから。それにひきかえ百万はすぐに尽きてしまいます。)

私には出来事の不思議な皮肉というものがだんだんと分かってきました。私は天国を図書館のようなものではないかと想像していました。庭園と考える人もいますし、宮殿と考える人もいるかもしれません。その天国に私はいたのです。それは見方によれば、種々様々な言語で書かれた九十万冊の書物を集めたセンターでした。ところが私には本の扉や背表紙さえもほとんど判読できないことが分かったのです。そこで「天恵の詩」という詩を書きました。それはこういう書き出しです。

誰も涙や非難に貶めてはならない
素晴らしい皮肉によって

私に書物と闇を同時に給うた
神の巧緻を語るこの詩を

相矛盾するそれら二つの天恵、たくさんの書物と闇、本があっても読めないということ。

私はこの詩の作者はグルーサックではないかと想像しました。というのもグルーサックもまた図書館長を務め、やはり盲目だったからです。グルーサックは私より勇気があった、彼は沈黙を守ったのです。だがもちろん私たちの生が重なり合う瞬間があったと私は思いました。なぜなら二人とも盲目に至り、二人とも書物を愛していたからです。彼は私のよりもはるかに優れた著作により、すでに文学の誉れとなっていました。だがとどのつまり二人は文人で、禁じられた書物の図書館を渉猟していたのです。私たちの盲目の目には、書物は白紙、文字が書かれていないのと同じようなものです。私は神の皮肉について書き、しまいに二人のうちどちらがその複数の私とただひとつの影の詩を書いたのかを自問しました。

そのときまで知らなかったのですが、ホセ・マルモル*もまた国立図書館長を務め、同じように盲目だったのです。ここに3という、すべてを封印する数字が現れました。2なら単なる偶然の一致にすぎません。ところが3となると、これはもう確証されたといっていい。3の秩序の確証、神によるもしくは神学的確証です。マルモルが図書館長だったのは、建物がベネズエラ街にあったときです。

今ではマルモルの悪口を言うか、彼を黙殺するのが人々の習慣になってしまいました。けれど「ロサス*の時代」と言うとき、私たちはラモス・メヒアの素晴らしい著書『ロサスとその時代』のことを考えるのではなく、ホセ・マルモルの手になる見事なまでに噂話に満ちたあの小説『アマリア』に描かれているロサスの時代のことを考えます。一国のある時代のイメージを後世に伝えたということは、小さからぬ栄誉に値します。私もそのような栄誉にあずかりたいものです。本当のところ私たちは、「ロサスの時代」と言うとき、マルモルが描いてみせたロサスの配下のテロリストたちやパレルモの集会のこと、暴君の閣僚やソレル*の会話のことを思い浮べています。

さて、これで同じ運命を背負った人物が三人揃ったわけです。そして私にとり、南部《スール》のモンセラー地区へ戻れることは大きな喜びでした。すべてのブエノスアイレスっ子にとって南部というのは、表には出しませんが、ブエノスアイレスの隠れた中心なのです。

私たちが観光客に見せるきらびやかなもうひとつの中心はそうではない(そのころはサン・テルモ地区などという人集めのための場所は存在していませんでした)。結局南部はブエノスアイレスの目立たぬ秘密の中心となる運命にあったのです。

私がブエノスアイレスのことを思うとき、それは子供のときに知ったブエノスアイレスです。低い家並、中庭、玄関、亀のいる天水溜め、格子窓。かつてはそのブエノスアイレスがブエノスアイレスのすべてでした。でも今では南部地区《スール》にしか残っていない。それゆえ私は、先人たちの住む街へ戻っていく気がしたのです。そこには確かに書物がありました。けれど私はタイトルを友人たちに訊かなければならない。そのときルドルフ・シュタイナーの人智学(彼が自分の神智学につけた名称です)に関する本の一節を思い出しました。彼はこう言っている。何かが終わるとき私たちは何かが始まると思わねばならない、と。有益な忠告なのですが、実行するとなると難しい。というのも私たちには何を失ったかは分かっても、何を得るかは分からないからです。失ったものについてはきわめてはっきりとしたイメージ、ときには厚かましいともいえるイメージを持っているのに、その穴埋めや替わりとなるものが何かは分からない。

私は決心し、自分にこう言い聞かせました。外から見えるもので成り立っている愛する世界を失ったのだから、何か別のものを作り出さなければならない。未来を、事実失った可視の世界に替わるものを作らなければならないぞ、と。私は家にあった何冊かの本のことを思い出しました。当時私はブエノスアイレス大学で英文学の教授を務めていました。無限ともいえるその文学、ひとりの人間の生涯という枠あるいは世代という枠を明らかに越えているその文学を教えるためにできることは何か。国の祝日とストライキを含む四カ月でできることは何だろう。

私はベストを尽くしてその文学に対する愛を教えることに努め、日付やら名前については可能な限り控えました。ある日何人かの女子学生が私に会いに来ました。彼女たちは試験を受け、合格していました。(女子学生はすべて私の試験に合格しました。私はいつも誰も落とさないようにしていたのです。十年の間に私が落としたのは、落としてほしいと言い張った三人の学生だけです。)その女子学生たち(九人か十人だったと思います)に私は言いました。「いい考えがある。君たちは合格し、私は教師としての義務を果たしたのだから、ここで私たちがほとんど知らない言語と文学を勉強してみようじゃないか。」その言語と文学は何かと彼女たちは訊きました。「もちろん英語と英文学さ。試験などというつまらないものから自由になったのだから、英語と英文学を勉強しよう。

その起源から始めるんだ。」

私は家に日の目を見させてやれる本が二冊あることを思い出しました。必要になることはあるまいと思って、一番背の高い書架にしまっておいたのです。それはスウィートの『アングロ・サクソン語読本』と、『アングロ・サクソン年代記』で、どちらにも語彙集がついていました。そこである朝、私たちは国立図書館に集まりました。

私はこう思いました。自分は目に見える世界を失ったけれど、今替わりにもうひとつの世界を得ようとしている。それは私の遠い先人たち、嵐が吹き荒れる北海をデンマーク、ドイツ、ネーデルランドから舟を漕いで渡り、イングランドを征服したあの部族、あの人々の世界なのだ、と。イングランドをそう呼んだのは彼らです。というのもAngle-land つまりアングル族の土地だからで、かつてはケルト族である「ブリテン人の土地」と呼ばれていたのです。

ある土曜日の朝でした。私たちはグルーサックのオフィスに集まり、本を読み始めました。私たちは喜んだり苦しんだりする一方、ある種の虚栄心に満たされてもいました。サクソン人はスカンジナビア人同様 th の二つの音、thing の th と the の th を表わすのに二種類のルーディック文字を使っていました。そのため、本のページには神秘的な雰囲気が漂っていました。私はその文字を黒板に書かせました。

さて、私たちは英語とは異なり、ドイツ語に似た感じのする言語に出会った。するとある言語を勉強するとき必ず起きることが起きました。それぞれの単語がまるで刻まれたものであるかのように、あたかも魔除けのごとく、立ち上ってくるのです。だから外国語で書かれた詩には、本来その言語にはない一種の魔力がある。なぜならそれぞれの単語が聞こえ、見えるからです。つまり私たちは単語の美しさ、力強さ、あるいは単にその不思議さを意識するのです。その朝、私たちは幸運に恵まれました。「ジュリアス・シーザーはローマ人で最初にイングランドを見つけた」という件《くだり》を発見したのです。北方のテキストの中でローマ人と出くわし、私たちは感動しました。思い出していただきたいのですが、私たちはその言語について何も知らず、ルーペを使ってテキストを読み、それぞれの単語をまるで掘り出した魔除けのように感じていたのです。私たちは二つの単語を見つけました。そしてその二つの単語にはほとんど酔い痴れてしまいました。実際、私は年寄りで彼女たちは若かった(どちらも酔うのにおあつらえ向きの年頃のようです)。私はこう考えました。「自分は今、五十世代も前の先人たちが話していた言語に帰ろうとしている、私はその言語に帰り、それを取り戻そうとしている。これを使うのは初めてではない。私は他の名前を持っていたとき、この言語を話したのだ」と。その二つの単語とはロンドンの名称であるLundenburh（ロンドン＋城市）とRomeburh（ローマ＋城市）で、とりわけ後者から、北方の失われた島々にローマの光が当たったことに想いを馳せると、私たちの感慨はひとしおでした。確か私たちは、こう叫びながら表に出たように思います、Lundenburh, Romeburhと……。

こうして私はアングロ・サクソン語の勉強を始めたのですが、それは盲目に導かれた結果でした。そして今、私の記憶はアングロ・サクソン語の悲歌や叙事詩に満ち満ちているというわけです。

私は可視の世界を、耳で聴くアングロ・サクソン語の世界と取り替えることができました。その後、スカンジナビア文学のより豊かな世界、すなわちエッダやサガへと進みます。それから『古代ゲルマン文学』という本を書き、そのテーマに基づく詩をたくさん書くのですが、何よりもまず私はその文学を楽しんだのでした。そして現在私はスカンジナビア文学に関する本を準備中です。

私は盲目になったことでいじけるのがいやでした。おまけに出版社の人から嬉しい知らせを聞きました。一年で三十篇の詩を書いて渡せば、詩集を出せるというのです。三十篇詩を書くには規律が欠かせない。とりわけ一行ずつ口述しなければならないときはそうです。だが同時に大いに自由でもある。なぜなら一年の間に詩を書く機会が三十回も訪れるなどということはありえないからです。

私にとって盲目はまったくの不幸を意味してきたわけではありません。盲目を哀れみの目で見てはならない。それはひとつの生き方として見られるべきです。盲目とは人の生活様式のひとつなのです。

盲目であることにも利点があります。闇から私はアングロ・サクソン語を授かり、ささやかながらアイスランド語の知識を授かりました。おかげでたくさんの詩歌を読む楽しみを味わえますし、いささか偽りと自惚れを感じさせるタイトルを持っていますが、『陰翳礼讃』という詩集を書くこともできました。

ここでもっと有名な例について話したいと思います。まず初めは詩と盲目の親密な結びつきを示すあの明らかな例、詩人の中の詩人とされるホメーロスの例です。(私たちはタミリスというもうひとりのギリシアの盲目の詩人のことを知っています。彼の作品は失われてしまったのですが、それが分かるのは主としてさらにもうひとりの名だたる盲人、ミルトンがあるところで触れていることによります。タミリスはあるコンクールでミューズたちに負け、彼女たちに竪琴を壊されたばかりか視力を奪われてしまいました。)

オスカー・ワイルドのたいへん面白い仮説があります。歴史的に見て正しいとは思えませんが、知的楽しさを味わわせてくれます。一般に作家というものは、自分たちの言うことを奥深く見せようとしますが、ワイルドは奥の深い人物でありながら、自分を軽薄に見せようとしました。彼は自分が機知に富んだおしゃべりだと思われることを望んだ、プラトンは詩を「あの軽く素早く聖なるもの」とみなしましたが、人が彼をその詩のようにみなすことを望んだのです。さて、その軽く素早く聖なるものであるオスカー・ワイルドは、古代人がホメーロスを盲目の詩人にしたのだと、故意にそうしたのだと言っています。

ホメーロスが実在したかどうかは不明です。七つの都市が彼の名を取り合ったという事実だけで、その歴史性を疑わせるのに十分です。おそらくただひとりのホメーロスというのは存在しなかった、ホメーロスという名前の陰に私たちが隠しているギリシア人がたくさん存在したのでしょう。ひとりの盲目の詩人という像を描いてみせることにおいて、すべての伝説は一致しています。ところが、ホメーロスの詩は視覚的です。多くの場合素晴らしく視覚的なのです。それは、もちろん程度は劣りますが、オスカー・ワイルドの詩にもあてはまります。

ワイルドは自分の詩があまりに視覚的であると気づき、その欠点を直したいと思った。つまり彼が大いに敬愛するテニソンやヴェルレーヌの詩のごとく、聴覚的で音楽的でもある詩を作りたいと思ったのです。ワイルドはこう独りごちました。「ホメーロスは盲目だとギリシア人が言い続けたのは、詩は視覚的であってはならない、詩の本分は聴覚に訴えることだということを示すためだったのだ」と。そこからヴェルレーヌの「何よりもまず音楽を」という考えやワイルドの時代の象徴主義が出てくるわけです。

そこでこう考えることができます。ホメーロスは実在しなかった、しかしギリシア人は詩が何よりもまず音楽であり、何よりもまず竪琴であるという事実、視覚的な要素は詩人の中にあってもなくてもかまわないということを主張するために、盲目のホメーロスを好んで想像したのだ、と。私は偉大な視覚的詩人というのを知っていますが、視覚的でない大詩人というのも知っています。すなわち知的な詩人のことですけれど、名前は挙げるまでもありません。

次にミルトンの例に戻りましょう。ミルトンの失明は自発的なものでした。彼には自分が大詩人になることが初めから分かっていた。同じことが他の詩人にも起きました。コールリッジとド・クインシーは、一行も書かないうちに、自分たちの運命が文学的であることを知っていました。私自身のことに触れて差し支えなければ、私もそうでした。私も自分の運命が、何よりもまず文学的であると常に感じてきました。つまり私の身には悪いことはたくさん起きるが良いことは少ししか起きないだろうという気がしたのです。でも結局のところ何もかも言葉に変わってしまうだろうということが常に分かっていた。とくに、悪いことはそうなる、と。なぜなら幸福は何かに変える必要がない、つまり幸福はそれ自体が目的だからです。

話をミルトンに戻しましょう。彼は議会が国王を死刑に処するのを支持するパンフレットを書くことで目を悪くしました。ミルトンは、自由を守るために自ら進んで視力を失ったのだ、と言っています。彼はその崇高な仕事について語っていますが、盲目であることに不平を漏らしてはいません。彼は自分から視力を犠牲にしたのだと考え、最初の願いを思い出します。詩人になりたいというあの願いです。ケンブリッジ大学で手稿がひとつ見つかりましたが、そこには若き日のミルトンが、一篇の壮大な詩を書くために試みた数多くのテーマを見ることができます。

「私は来るべき世代に、彼らが容易には葬り去ることのできない何かを残したい」、彼ははっきりそう言っています。彼は十か十五ほどテーマを書き留めていて、その中に自分ではそれと気づかずに予言的に書いたものが含まれています。それはサムソンのテーマです。その当時彼は自分の運命がサムソンの運命に似たものになるとは知らなかった。旧約聖書の中でキリストについて予言したように、サムソンはミルトンのことも、しかもより正確に予言したのです。自分が失明したことを知ると、ミルトンは『ロシア史』と『英国史』という、いずれも完成しませんでしたが、二冊の史書の執筆を企てます。それからあの長編詩『失楽園』に着手するわけです。彼はイギリス人のみならず、すべての人間に通じるテーマを探し求めました。それが私たちの共通の父であるアダムのテーマだったのです。

彼は生涯の多くを独りで過ごし、詩を書きましたが、その記憶力はどんどん増していきました。十一音節からなる無韻の詩行を四十も五十も暗記することができ、あとでそれを訪問客に読んで聞かせたのです。そのようにして彼は詩を作りました。彼はサムソンの運命のことを想い出し、自分の運命とあまりにも似ていると思いました。なぜならすでにクロムウェルはこの世になく、王政復古の時が訪れていたからです。ミルトンは国王の処刑を正当化したために迫害を受け、死刑を宣告されてもおかしくなかった。しかしチャールズ二世――「処刑された王」チャールズ一世の息子――は、死刑を宣告されるべき人々の名簿が運ばれてきたとき、ペンを取ると、威厳を失うことなくこう言いました。「右手に何か死刑宣告に署名するのを拒むものがある」と。こうしてミルトンは救われ、彼とともに多くの人々も命拾いしたのです。

そのとき書いたのが『闘技士サムソン』です。彼はギリシア悲劇を書こうとしました。筋は一日のうちに展開します。サムソン最期の一日です。ミルトンは運命が似ていると思いました。というのは彼もサムソン同様、力がありながら最後には負けてしまった人間だったからです。彼は盲目でした。そして、ランドアによれば常に句読のまずい詩句を書くのですが、それこそまさしくこうなるはずのものでした。"Eyeless, in Gaza, at the mill, with slaves"「ガザに(ガザはペリシテ人の都市、敵の都市です)、盲いて、奴隷たちとともに、挽き臼に繋がれ」。あたかも不幸はサムソンの上に積み重なるかのごとしというわけです。

ミルトンには自分の盲目について語っているソネットがあります。そこに盲人によって書かれたと分かる一行がある。世界を描写しなければならないところで、彼はこう言っています。"In this dark world and wide"「この暗く広い世界に」、これはまさに盲人が独りきりのときの世界です。なぜなら彼らは支えを求め、両手を差し伸べて歩くからです。ここにあるのは盲目に打ち克ち、その作品すなわち『失楽園』、『復楽園』、『闘技士サムソン』、最良のソネット、英国の起源からノルマン人による征服までを扱った、『英国史』の一部を物した例(私のよりはるかに重要な)です。それらの作品のすべてを彼は失明してから、たまたま居合せた人間に口述しなければならないという状態で手掛けました。

ボストンの貴族階級の人間だったプレスコットは、妻に助けられました。ハーバード大学の学生だったころ、彼は事故で片目を失くし、もう片方の目も視力をほとんど失ってしまいました。そこで残る人生を文学に捧げようと決心し、英文学、仏文学、イタリア文学、スペイン文学を学んだのです。共和制の時代をかたくなに拒んでいた彼は、うってつけの世界を帝国スペインに見出しました。彼は学者から作家になり、自分に本を読んでくれていた妻に、メキシコやペルーの征服、カトリック両王やフェリーペ二世の治世の物語を口述したのです。それはほとんど非の打ち所のない幸福な仕事で、二十年以上の歳月を要しました。

もっと私たちに身近な例を二つ挙げましょう。ひとつはすでに触れた、グルーサックの例です。不当にも彼はこれまで忘れられた存在でした。今日人は彼のことをこの国にもぐり込んだフランス人とみなしています。彼の歴史書は時代遅れで、今や良い文献として使われているそうです。しかしすべての作家と同じく、グルーサックも二つの業績を残しました。ひとつは彼が試みたテーマであり、もうひとつはその試み方です。歴史書と批評を書いたほかに、グルーサックはスペイン語の散文を刷新しました。あらゆる時代を通じてスペイン語の最良の散文作家であるアルフォンソ・レイエス*は、私にこう言いました。「グルーサックは私にスペイン語はどのようにして書かなければならないかを教えてくれたよ。」グルーサックは盲目を克服し、我が国で書かれたもっとも優れた散文作品をいくつか残しています。そのことを想い起こすのは、私にとって常に喜びです。

グルーサックの例よりもっとよく知られた例を思い出してみましょう。ジェイムズ・ジョイスもまた二重の業績を残しています。まず彼は『ユリシーズ』と『フィネガンズ・ウェイク』というある巨大にして読みづらいと言って差し支えない二つの小説を書き残しました。でも、それは彼の業績の半分(美しい詩や賞讃すべき『若き芸術家の肖像』を含みます)なのです。もう半分、そして――今言われているように――もっとも評価しなければならないのは、ほとんど無限に近い英語を使ったことです。統計学的には他のあらゆる言語に勝り、作家に対し実に多くの可能性、ことにきわめて具体的な動詞の可能性を与えてくれるあの英語も、彼には十分ではなかった。アイルランド人であるジョイスは、ダブリンがデンマークのヴァイキングによって建設されたことを想い出しました。彼はノルウェー語を勉強し、イプセンにノルウェー語で手紙を書いています。それからギリシア語、ラテン語と勉強していくのです。彼はありとあらゆる言語を知っていたばかりか、自分で発明した言葉で書いたりもしました。それは理解困難な言語ですが、不思議な音楽性が感じられる、ジョイスは新しい音楽を英語にもたらしたのです。そして彼はこううそぶきました。「私に起きたあらゆることの中で、一番重要でないのは、盲目になったことだ」と。膨大な作品の一部は闇の中で作られました。記憶の中で文に磨きをかけ、ときにはたったひとつの文に一日中かまけることもあり、それを書いては直すのです。何もかも盲目の真っ只中あるいは様々な段階の盲目の中で。同様にボワロー、スウィフト、カント、ラスキンそしてジョージ・ムーアの性的不能も、見事な作品を制作するための憂鬱な道具でした。性的倒錯についても同じことがいえます。その恩恵をこうむっている人々は、今では彼らの名前を知らない者がいないようにしようと努めていますが。アブデラのデモクリトスは外的現実の光景に気を散らされないようにと、庭で自分の目玉をくりぬきました。またオリゲネスは自らを去勢してしまいました。

すでに例は十分に挙げました。いくつかはあまりに有名なので、私の個人的な例についてお話ししたことを恥ずかしく思うほどです。ただ、人はいつでも打ち明け話を期待しているものですし、私も自分のことをお話しするのを拒む理由もありませんので。とはいえ、いうまでもなく、たまたま思い出したいくつかの名前とともに私の名前を並べるのは、愚かしいことだと思います。

盲目はひとつの生活様式である、まったく不幸というわけではない生活様式である、と申し上げました。ここでスペイン最大の詩人、ルイス・デ・レオン師*のかの詩を思い出してみましょう。

己とともに暮らしたい
天に負うたる幸福を楽しみ

誰にも見られずただ独り
愛からも妬みからも
憎しみ、希望、不安からも解き放たれて

エドガー・アラン・ポーはこの一節を暗記していました。

私にとって、憎しみ抜きで暮らしていくことは容易です。なぜなら憎しみを感じたことがないからです。しかし愛なしに暮らしていくのは私たちの誰にとっても、幸いにして不可能だと思います。ただし最初の「己とともに暮らしたい／天に負うたる幸福を楽しみ」という部分ですが、かりに天の幸福に闇もありうることを認めるならば、では一体誰が自分とともにさらに暮らすのでしょうか。誰が自分自身をさらに探究できるのでしょう。誰が自分自身をさらに知ることができるのでしょう。ソクラテスの名言にしたがえば、誰が盲《めしい》以上に己を知ることができるのでしょうか。

作家は生きています。けれど詩人であるという仕事は、決められた時間割の中で果たされるわけではない。八時から十二時までそして二時から六時までの詩人なんて誰もいません。詩人というのはいつでも詩人なのであり、絶えず詩に襲われているのです。思うに、色と形に絶えず攻め立てられていると画家が感じるのと同じでしょう。あるいは音楽家が、不思議な音の世界——芸術の中で最も不思議な世界——が常に自分を求めている、自分を求めているメロディーや不協和音が存在すると感じるのと同じかもしれません。芸術家の仕事にとって、盲目はまったくの不幸というわけではない。それは道具にもなりうるのです。ルイス・デ・レオン師は彼の最も美しい頌歌のひとつを盲目の音楽家、フランシスコ・サリーナスに捧げています。

作家あるいは人は誰でも、自分の身に起きることはすべて道具であると思わなければなりません。あらゆるものはすべて目的があって与えられているのです。この意識は芸術家の場合より強くなければならない。彼に起きることの一切は、屈辱や恥ずかしさ、不運を含め、すべて粘土や自分の芸術の材料として与えられたのです。それを利用しなければなりません。だからこそ私はある詩の中で、昔の英雄たちの食物、すなわち屈辱、不運、不和について語ったのです。それらが与えられたのは、私たちに変質させるためであり、人生の悲惨な状況から永遠のもの、もしくはそうありたいと願っているものを作らせるためなのです。

盲人がもしそのように考えるのなら、彼は救われたことになる。盲目は神の賜物です。

私が授かった賜物の話を、みなさまがうんざりするほどしてまいりました。私はアングロ・サクソン語を授かりました。部分的にですがスカンジナビア語を授かりました。自分が知らなかった中世文学に関する知識を授かりました。何冊もの本を書き上げたということも、賜物です。出来不出来はともかく、それらの本は、どんな瞬間に書かれたかを証明してくれます。そのうえ、盲人は、人々の愛情に包まれていると感じることができる。人々は盲人に対して常に善意を感じるのです。

このお話を、ゲーテの詩で締めくくりたいと思います。私のドイツ語はお粗末ですが、それでも次の言葉の意味は、さほど過つことなく伝えられると思います。Alles Nahe werde fern「近きものはすべて遠ざかる」。ゲーテは黄昏のことを暗に指しながらこれを書きました。近きものはすべて遠ざかる、その通りです。日暮れどき、最も近くにあるものが、私たちの目から遠ざかっていく、目に見える世界が、おそらく永遠に、私の目から遠ざかっていったように。

ゲーテの言葉は黄昏のみならず、人生についても言い得ていると思います。あらゆるものは私たちを置きざりにしていきます。究極の孤独が死であることを別にすれば、老いは究極の孤独であるはずです。「近きものはすべて遠ざかる」というのは、盲目の過程を表わしてもいます。本日はその盲目についてお話しし、それがまったくの不運ではないことをお教えしたいと思いました。盲目とは、運命もしくは偶然から私たちが授かる、とても不思議な道具の数々のひとつであるにちがいありません。

エピローグ

本書に収められているのは、ホルヘ・ルイス・ボルヘスが一九七七年にブエノスアイレスのコリセオ劇場で行なった一連の講演のテクストで、校閲された後に『七つの夜』というタイトルが付けられた。そのうち、「神曲」、「悪夢」、「千一夜物語」はそれぞれ六月一日、十五日、二十二日に、「仏教」、「詩について」、「カバラ」は七月六日、十三日、二十六日に、「盲目について」は八月三日に講演が行なわれている。六回目の講演のテーマは前日に決まった、というのも、予め告げられていたとおりアレクサンドリアのグノーシス派について話すことを、ボルヘスが直前になってやめたからだ。それはともかく、『砂の本』の著者による七回の連続講演のテーマは、これまでになく多岐にわたるものとなった。

近年、人々はボルヘスの話を聞くことに馴れ親しみつつある。彼の行くところ、新聞・雑誌そしてラジオの取材陣が後を追い、ジャーナリストたちは種々雑多な事柄について休む間もなく意見を求め、テレビは彼の姿や言葉を惜しみなく人々に伝える。彼についてこれまで書かれたもの、そしていま書かれているものをすべて記録に留めることはできないし、そんなことは試みても無駄だろう。彼の用いる表現は大衆の日常語の中に入り込んでいる。ブエノスアイレスはもとよりブエノスアイレス以外でも、街に出れば決まってありとあらゆる種類の人々に引き留められ、挨拶される。その中には彼の作品を一度も読んだことのない人間さえいる(「彼らは私でなく、雑誌で見かけた写真の人物に似た紳士に挨拶するのだ」)。五十年以上も前に(『千一夜物語』の翻訳者に関する風変わりなエッセー*において)、自らを「単なるアルゼンチン共和国の単なる作家」と規定した人物が、今や世界でもっとも広く顔を、齢八十の盲人のあの控え目な顔を知られる文豪となった。

ボルヘスが、そのすさまじい内気を克服し、初めて講演を行なったのは、一九四五年か一九四六年のことだった。場所は文化の権利と自由の義務の擁護を誇ったあの忘れがたい私立の施設、高等研究自由学院である。*ペロン政権——彼から郊外住宅地区にあった図書館の補佐員というささやかな職を奪った——のせいで失業者になったばかりのボルヘスは、当時、『伝奇集』(一九四四)の作者になったばかりでもあった。スペイン語小説の歴史における金字塔とも言うべきこの作品は、わずかな年月のうちに、多くの文学や言語に多大な影響を及ぼすことになる（彼はその後、一九五五年から一九七三年にかけて、国立図書館長を務めることにもなる）。『伝奇集』の初版は売り切れるまでに時間がかかり、『エル・アレフ』（一九四九）の初版も同様だった。しかし、これらの本のお蔭で、ヨーロッパの批評界はその著者を、現存するもっとも重要な作家とみなすようになったのである。ボルヘスの作品が驚くべき数の言語によって翻訳され、彼の才能と独創性が世界の津々浦々で賞讃を浴びていることからすれば、その最初の講演がいかなるものであったか、読者にはおそらく想像がつかないだろう。なんとそれは地下活動を思わせるものだった。事情におそろしく疎い当局は、制服の警官をひとり送り込み、反政府的演説がはめをはずさないように見張らせたのである。ワーズワースの詩について話したボルヘスは、少し間を置き、コールリッジの薔薇を思い出すと、こう続けた。「ある男が夢の中で楽園を横切り、そこに行った証拠として花を一輪もらう、そして目覚めたとき手の中にその花を見つけたとしたら……そのとき彼は一体どうするのだろう？」、この素晴らしい遊びの背後には、「愛の証に花を一輪要求するという、あらゆる世代の恋人たちに広く見られる古くからの発想」がある。そして彼の発想は、『続審問』に書かれているところによれば、「ひとつの最終到達点《テルミヌス・アド・クエム》にふさわしい完全性と一体性」を備えているのだ。私がボルヘスを見たのはこのときが初めてだった。彼は何度も躊躇しながら、小さな声でゆっくりと話し、両手は祈りを捧げる人間のように終始組んだままだった。「確かに祈っていたよ、天井が落ちてこないようにね」しばらく前に、はるか三十五年前の夕べのことを私が思い出させると、彼はそう言った。そしてこうつけ加えた。「実を言うと、怖くて仕方がなかったんだ。」そのとき以来多くの歳月が流れ、ボルヘスは、彼自身によれば、「多すぎるほど」の講演をこなしてきた。にもかかわらず、場数を踏んだ名演奏家がリサイタルの直前にそうなるように、講演の前になると相変わらず神経質になる。今日、大洋そして大陸を越えて疲れを知らず旅をする彼ではあるが、まれに人前で話をするときは、単独よりも友人相手の対話形式の方を好む。

一九七七年の講演はテープに録音され、とても完全とは言いがたいそのテープをもとに、ブエノスアイレスのある新聞が七回にわたる特集を組んだほか、好き勝手に切り刻まれ、転載にともなう誤りや誤植だらけのバージョンが数多く現れた。これに加えて、無数のレコードが出回ったのである。毎回講演の前の数日間、私は当面のテーマについてボルヘスと話し合い、彼にテクストを読んでやった。彼は逐一記憶しているのだが、それでもなお吟味し直し、批評したがった。ここで私は、当時彼が健康を害し、精神的に鬱状態にあったことを言い添えておかなければならない。他方、彼は、舞台がだだっ広く、聴衆から隔たっているために孤独を感じざるをえないことが、気に入らなかった。おしゃべりをするとき、私たちは誰でも人の温もりを間近に感じることが必要だが、盲人の場合はいっそうそれが必要であるにちがいない。原因は何であれ、彼は講演のテクストを発表するのを非常に渋った。したがって、新聞掲載やレコードの発売を許可したとすれば、それは講演の主催者が財政難を訴えたからである。だが、彼は、録音を聞こうとせず、テープから起こしたテクストを読んでもらうことも断った。そして講演料以外は一切受け取ろうとせず、この件に関してはもはや話したくないことを分からせようとした。

そんなわけで、一九七九年にホセ・ルイス・マルティネスから、フォンド・デ・クルトゥーラ・エコノミカ社のために七回の講演を一冊の本にまとめられるかどうかボルヘスに打診してほしいと言われたとき、私は前述の事情を説明したうえで、彼にもちかけてみてもうまく行くかどうかは疑わしいと答えた。それでもとにかく試みることを引き受けたのだった。だが私にとって嬉しい驚きだったのは、ボルヘスが、すでに発表されているテクストを校閲するという条件で、申し出を受け入れたことである。そこで私はこのことをホセ・ルイスに伝えた。そしてただちに二人で作業を開始したのだった。

母親レオノル・アセベドが九十九歳で亡くなるまで彼女の枕元に置かれていた『全集』一部、今では触れる者のいないその本をのぞき、ボルヘスの家に彼の著書はまったくない。「重要でない」本と自分が敬愛している本を混ぜるのは悪趣味であり容認しがたい虚栄であると彼は考えている。友人たちの本ですらその厳格さを免れない。モンテーニュの場合と同様、自身を映す鏡である彼の書架には、ケベード、グラシアン、セルバンテス、ガルシラーソ、サン・ファアン、フライ・ルイス、サアベドラ・ファハルド、サルミエント、グルーサック、アルフォンソ・レイエス、ペドロ・エンリケス゠ウレニャらスペイン語作家も見られるが、その数は少ない。版元から自分の作品のスペイン語版あるいは翻訳が届くと、彼はただちに人にやってしまう。その度を越えた謙虚さのお蔭で、私は彼の作品のスウェーデン語版、ノルウェー語版、デンマーク語版、英語版、フランス語版、イタリア語版、ポルトガル語版、日本語版、ヘブライ語版、ペルシア語版、ギリシア語版、スロバキア語版、ポーランド語版、ドイツ語版、アラビア語版、等々を持っている。こんな具合なので、彼の家に〈新聞の切り抜き〉などあろうはずがな

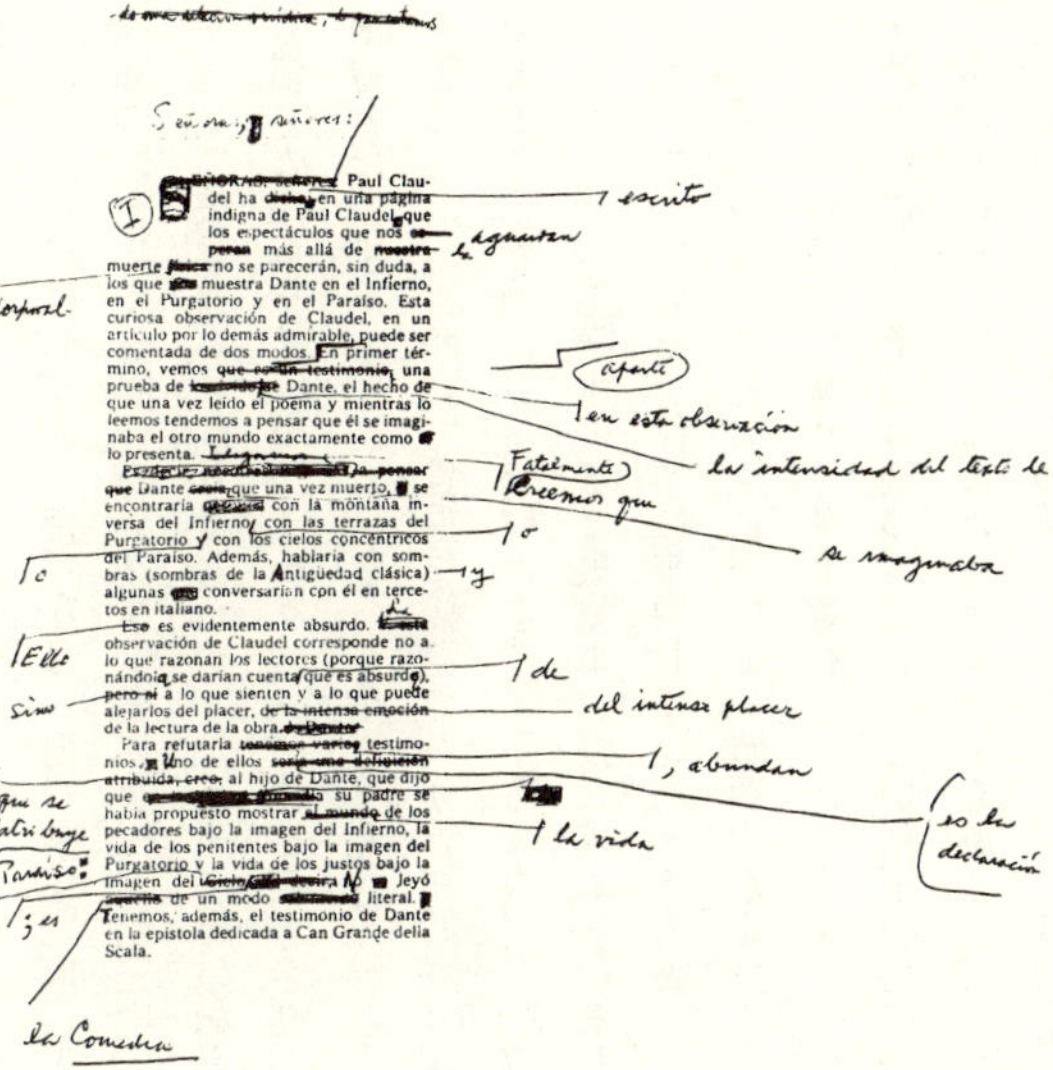
[redacted] Paul Claudel ha [redacted] en una página indigna de Paul Claudel [redacted] que los espectáculos que nos [redacted] más allá de [redacted] muerte [redacted] no se parecerán, sin duda, a los que [redacted] muestra Dante en el Infierno, en el Purgatorio y en el Paraíso. Esta curiosa observación de Claudel, en un artículo por lo demás admirable, puede ser comentada de dos modos. En primer término, vemos que es un testimonio, una prueba de [redacted] Dante, el hecho de que una vez leído el poema y mientras lo leemos tendemos a pensar que él se imaginaba el otro mundo exactamente como [redacted] lo presenta.

[redacted] poderemos pensar que Dante [redacted] que una vez muerto, [redacted] se encontraría [redacted] con la montaña inversa del Infierno, con las terrazas del Purgatorio y con los cielos concéntricos del Paraíso. Además, hablaría con sombras (sombras de la Antigüedad clásica) algunas [redacted] conversarían con él en tercetos en italiano.

Eso es evidentemente absurdo. [redacted] observación de Claudel corresponde no a lo que razonan los lectores (porque razonándolo se darían cuenta que es absurdo), pero sí a lo que sienten y a lo que puede alejarlos del placer, de la intensa emoción de la lectura de la obra. de Dante

Para refutarla tenemos varios testimonios. [redacted] Uno de ellos sería una definición atribuida, creo, al hijo de Dante, que dijo que [redacted] su padre se había propuesto mostrar el mundo de los pecadores bajo la imagen del Infierno, la vida de los penitentes bajo la imagen del Purgatorio y la vida de los justos bajo la imagen del Cielo, [redacted] No [redacted] leyó [redacted] de un modo [redacted] literal. [redacted] Tenemos, además, el testimonio de Dante en la epístola dedicada a Can Grande della Scala.

い。それゆえ、講演のテクストの校閲を始めるのに適した方法は、新聞の特集を手に入れ、コピーを取り、それを短冊状にいくつも切って、白紙に貼り付けることだった。その次は誤植を訂正し、転載にともなう誤りを正すこと、引用を照合し、口頭発表にともなう彼特有の口癖をためらうことなくすべて削除することである。これを終えると、私は彼に出来上ったテクストを読んで聞かせるのだった。

自分の著作の校閲や修正に対してボルヘスが執拗なまでに責

任を取ろうとすることを、私は何年も前から知っていた。今回も彼は、一言一句たりともおろそかにはしなかった。私は一度ならず二度、五度、六度、七度までも、各節、各章毎に、そして一回分のテクスト全体を二度か三度、彼に読んで聞かせなければならなかった。彼は盛んに削りはしたが、加えることはほとんどせず、最初の着想を生かすべく細心の注意を払いつつ、テクスト全体を変容させた。というのも、ある意味で彼は講演録とは「別の本《オトロ・リブロ》」を作りたいという誘惑に陥ったからだ。ボルヘスとともに作業をすることは、きわめて貴重な経験であり、知的誠実さを学ぶ最良の授業、謙虚かつ明晰であることの絶えざる訓練となる。正確な表現、的確な言葉を彼は、ときおり軽く苛立ちながらも、感嘆するほど根気よく捜し求める。そしてその間ずっと彼の顔は至福の微笑みに輝いている。作業に集中しているときの彼にとって、おそらく使わないであろうある言葉の語源の可能性について一時間半かまけることは、脱線とはならないようだ。創造の冒険の内にゆっくりと蓄積された何世紀もの時間を尊重することと、好奇心を抱き続けること、それは彼の常に若々しい熱情の秘密を解く鍵である。

本書で扱われているのは、ボルヘスを魅了してきた主要なテーマの一部である。彼の良き読者なら、私たちの時代を豊かにし、ほぼ六十年に及ぶあの熱情の証となるエッセーや短篇、詩を思い出されることだろう。子供のときからボルヘスは、自分の運命が、初めは読み手として、後には書き手として、文学と結ばれていることを知っていた。彼は、時間と空間の反証が、時間と空間の中で自分を待ち受けていることを知っていた。同様に、鏡と迷宮、図書館と夢、夜と正面の舗道、水甕と天体観測器《アストロラーベ》、神学と代数学の簡潔な記号、影と揺らめく境界、偶然、神話、場末、死と「もうひとつの影」、ナイフ使いとコーヒーの味、ギター弾き、タンゴと形而上学、東洋と西洋、北欧と南部《スール》、ド・クインシーとマセドニオ・フェルナンデス、イラリオ・アスカスビとオマル・ハイヤーム、ケベードのソネットとアルフォンソ・レイエスの散文、「喉を過ぎる水の冷たさ」、原型、暗号、神——不可解で言葉にならない神の顔——、言葉、戦い、謙虚と永遠、「埃とジャスミンの世界」と「記憶という名のあの四次元の／状態」が待ち受けていることも。さらに『神曲』、悪夢、『千一夜物語』、仏教、詩、カバラそして盲目が待ち受けていることも。盲目は、子供のときからすでに彼を待っていた。彼の先祖には盲目で亡くなった者が何人もいる。たとえば父親がそうだ。明敏で礼儀正しい心理学の教師、並はずれた教養を備えた不可知論者だった父親は、神話や形而上学的問題を、平易な「実例」としてそれを語ることによって息子に教え、世界市民にしたいがために、息子を十五歳のときにジュネーブに連れて行った。その父親は、「微笑を浮かべ、盲目で」身罷《みまか》ったのだった。

作業を終え、タイトルをつけると、ボルヘスは私に言った。「悪くない。さんざん私に付きまとってきたテーマに関して、この本は、どうやら私の遺言書になりそうだ」と。

ロイ・バルトロメウ

一九八〇年二月十二日、アドロゲにて

訳注

一〇頁
独裁　一九四六年から五五年まで続いたファン・ドミンゴ・ペロンの第一次政権期を指す。一九四六年、ボルヘスはペロン派のブエノスアイレス市長により市立図書館員の職を奪われ、公設市場の鶏および兎の雌雄判別係に左遷されるが、ただちにこの職を辞し、失職する。

二〇　**ポール・グルーサック**　一八四八―一九二九。フランス生まれでアルゼンチンに帰化した批評家・歴史家。ボルヘスはこの人物に特別な親近感を抱いているが、その理由については本書第七夜「盲目について」を参照のこと。

二三　**マルティン・フィエーロとクルス**　ガウチョ文学の傑作とされるホセ・エルナンデスの叙事詩『マルティン・フィエーロ』に、脱走兵フィエーロを追う警備隊長クルスが彼の勇気に打たれ、部下を敵に回して共に戦うという挿話があり、ボルヘスはそれを下敷にして短篇「タデオ・イシドロ・クルスの生涯(一八二九―一八七四)」を書いている。

二三　**老ガウチョとファビオ・カセレス**　アルゼンチンの作家リカルド・グイラルデス(一八八六―一九二七)のガウチョ小説『ドン・セグンド・ソンブラ』に登場する同名の主人公と、その生き方に惹かれる少年(後の語り手)。

二三　**キムとラマ僧**　ボルヘスの子供時代の愛読書だったラドヤード・キップリングの『少年キム』の登場人物。

二八　**レオポルド・ルゴーネス**　一八七四—一九三八。ボルヘスが自らの先駆とみなすアルゼンチンの近代派の詩人・短篇作家。ボルヘスの詩文集『創造者』はルゴーネスに捧げられている。

三三　**多くの動物を意味します**　ヘブライ語で「べへ」は河馬を「モト」は鰐を意味する。一八三頁も参照。

四五　**グスタフ・スピラー**　一八六四—一九四〇。心理学者。一九一一年にロンドンで開かれた第一回世界人種会議を主宰している。その著書『人間の心』(一九〇二)は、ボルヘスの『続審問』中のエッセー「時間とJ・W・ダン」でも引用されている。

五九　**ジョーゼフ・アディソン**　一六七二—一七一九。イギリスの評論家・詩人・劇作家。

五九　**ルイス・デ・ゴンゴラ**　一五六一—一六二七。スペイン黄金世紀の詩人。そのバロック的文体はゴンゴリスモと呼ばれる。

六七　**アル・ムターシム**　アッバス朝第八代のカリフ。ボルヘスは『アル・ムターシムを求めて』という架空の小説をテーマにした同名のエッセー／短篇を書いている。

七九　**ロペ・デ・ベガ**　一五六二—一六三五。スペイン黄金世紀の詩人・劇作家で、手掛けた戯曲は千五百を越える。

八三　**モクテスマ**　一四六六—一五二〇。アステカ帝国の第九代皇帝。スペインの征服者コルテスとアステカ族の間で板挟みになり、悲劇的最期を遂げる。

八三 アタワルパ ?—一五三三。インカ帝国最後の皇帝。スペインの征服者ピサロに捕えられ、殺される。

八三 シプリアノ・カトリエル ?—一八七四。アルゼンチンの先住民の首長で、ボルヘスの短篇「南部」にその名が出てくる。

八七 ラファエル・カンシノス＝アセンス 一八八三—一九六四。前衛主義のひとつであるウルトライスモに共鳴したころのボルヘスがマドリードで出会ったスペインの詩人。古今の十四の国語を操ったというこの神秘的人物をボルヘスは師と仰いでいる。九六頁参照。

九〇 東岸人《オリエンタレス》 スペインの植民地時代のウルグアイを、ウルグアイ川の東岸にあるためバンダ・オリエンタル(東岸)と呼んだことから。

一一九 ルベン・ダリオ 一八六七—一九一六。ニカラグアの詩人で近代派の中心として活躍し、ネルーダら後の世代に大きな影響を与えた。

一三五 マセドニオ・フェルナンデス 一八七四—一九五二。アルゼンチンの作家。前衛作家たちから師と崇められた。

一三七 オラシオ・キロガ 一八七八—一九三七。ウルグアイの作家。社会と折り合えない人間が密林に惹かれながらも自然や動物に受け入れられない悲劇を描く短篇を得意とした。

一四四 フランシスコ・デ・ケベード 一五八〇—一六四五。スペインの詩人・小説家。風刺詩やピカレスク小説で知られる。ボルヘスの『続審問』に「ケベード」というエッセーがある。また『創造者』所収の詩「月」「ある老詩人に捧げる」にケベードの「血にまみれた月」の引用がある。

一五二　**エンリケ・バンクス**　一八八八(九?)―一九六八。アルゼンチンの詩人。作風は新古典主義。

一六一　**ラモン・マルセリーノ・メネンデス＝イ＝ペラヨ**　一八五六―一九一二。スペインの文学史家・歴史家・批評家。

一七三　**文字は人を殺し、霊は人を生かす**　『新約聖書』「コリント人への第二の手紙」第三章六節。

一七九　**エン・ソフ**　神《セール》を指していると思われる。

一八〇　**セフィロート**　「セフィロトはヘブライ語名詞のセフィラ(Sefirah)より派生した言葉で、その本来の意味は〝数〟あるいは〝範疇〟である。十三世紀に成立した後期カバラ思想大系ゾハル(Zohar)においてはセフィロトは〝光〟あるいは〝球体〟という意味をもつ。」(『カバラ　ユダヤ神秘思想の系譜』箱崎総一著、青土社)

一八八　**私のある詩はその小説から着想を得ています。**　詩集『他者と自身』所収の「ゴーレム」を指す。ボルヘスによれば、この詩は、ゴーレムとそれを作ったカバラ主義者の関係が人間とそれを作った神との関係に重なること、そしてカバラ主義者がゴーレムを恥じているように、神も人間を恥じていることを暗示している。詳しくはリチャード・バーギン『ボルヘスとの対話』(柳瀬尚紀訳、晶文社)を参照のこと。

一八八　**アダムとは赤い土という意味です**　ヘブライ語で「赤い土」のことを「アダマー」と言い、それから創った人間ということで神は「アダム」と名付けた。

一九一　**カイン**　地上最初の殺人者でもある。

二〇一　**ホセ・マルモル**　一八一八―一八七一。アルゼンチンの作家・政治家。

二〇二　**フアン・マヌエル・デ・ロサス**　一七九三―一八七七。アルゼンチンの将軍・政治家。独裁者として知られ、近代化推進派からは野蛮の象徴とみなされたが、外国の干渉を拒んだ民族主義者として評価する見方もある。

二〇二　**ミゲル・エスタニスラオ・ソレル**　一七八三―一八四九。アルゼンチンの将軍・政治家。

二二五　**アルフォンソ・レイエス**　一八八九―一九五九。メキシコの詩人・批評家・外交官。そのコスモポリタンな姿勢や清澄な文体はオクタビオ・パスら後の世代に影響を与えた。

二二七　**ルイス・デ・レオン師**　一五二七―一五九一。スペインの聖職者・詩人。人文学者としても知られる。

二三四　**『千一夜物語』の翻訳者に関する風変わりなエッセー**　一九三六年刊行の『永遠の歴史』(土岐恒二訳、ちくま学芸文庫)所収の「『千夜一夜』の翻訳者たち」を指すと思われるが、このエッセーの制作は一九三五年となっている。

二三四　**ボルヘスが、そのすさまじい内気を克服し、……高等研究自由学院である。**　ボルヘスが人前で話すようになるのは一九四六年の失職以後と考えられるので一九四五年ということはありえない。M・E・バスケスによれば、一九四六年にボルヘスはイギリス文化高等研究所の講師に就任している。一方、『ボルヘス、オラル』(木村榮一訳、書肆風の薔薇)の監修者マルティン・ミューラーは、ボルヘスが一九四九年に「生来の内気な性格を克服して、《高等研究自由学院》で初めて公開講座を行なった」としている。しかし、バスケスに従えば、アルゼンチン・イギリス文化協会および高等研究自由学院で英文学の講義を行なうのは一九五〇年である。またボルヘス自身、「自伝風エッセー」(『ボルヘスとわたし』牛島信明訳)の中で、当時を回想し、失業中の彼がある友人の助力によってアルゼンチン・イギリス文化協会の英文学講師の職を得ると同時に高等研究自由学院でアメリカ古典文学について講義するよう要請されたことを語っている。ただしクロノロジーを好まない彼は、当然ながら時期を明らかにしてはいない。

訳者あとがき

　ボルヘスが初来日したのは一九七九年の秋である。つまり本書のもとになったコリセオ劇場での連続講演を行なってから、約二年後ということになる。そのとき初めて、それまで写真や似顔絵でしか知らなかった文豪の姿を目のあたりにし、肉声を聞いた。時期的に言えば、それは本書に収められたテクストを語ったときのボルヘスの姿や声とほぼ同じはずだ。五年後、彼はふたたび日本を訪れ、講演も行なっているが、残念ながらこのときの講演は聞き損ねてしまった。そのかわり、プライベートな形で二度も面会する機会に恵まれ、神話の世界にいたに等しい人物に文字通り接することができたのだった。

　本書を訳出するに当たり、「です・ます」調を使おうと考えたのには二つの理由がある。ひとつはまさに彼の声や語り口、語るときの様子を知っているからで、それを生かしたいと思ったのだ。比較的トーンの高いややハスキーな声、アルゼンチンのスペイン語の特徴と育ちの良さがミックスしたソフトな調子、ただしプライベートのときは、興に乗ると早口になる。ときおりぼくの所在を確かめるのは、相手が黙っていると姿が見えないこともあり、ある種の不安を感じるためらしかった。面白いのはその瞬間、彼が、見ていた夢から覚めて〈現実〉というもうひとつの夢に戻ったかのような印象を受けたことだ。そして、いつの間にか彼の夢の中に入り込んでいたこちらもまた〈現実〉に返る、だがボルヘスがいることで、その〈現実〉がふたたび夢に感じられるのである。まるで〈鏡の国〉ならぬ〈夢の国〉に迷い込んだような、不思議な気持ちがしたのを思い出す。

ボルヘスは、多数の聴衆を前にしているときでも、語りかける相手はマスではなく、聴衆のひとりひとりであると述べている。それは彼が大学で教えるときのスタイルであり、古代ギリシアにおけるように、基本は対話なのだ。彼は、自分の感情を表わすのが不得意であると言う。にもかかわらず本書のテクストは、しばしば冷たい炎や燃える水晶に喩えられる彼の最初から書かれた作品とは異なり、どこか人間的な温もりや親密さを感じさせる。その秘密は、講演においてさえ彼が、個々人に向かって「打ち明け話でもするように」語りかけるところにありそうだ。これが、訳文に「です・ます」調を使ったもうひとつの理由である。だから、英訳や仏訳では削除されている、各章冒頭の聴衆(読者)への呼び掛けの言葉を、ぼくは削るどころか、臨場感をもたらす仕掛けとして、あるいは聴衆(読者)のひとりひとりを夢へと誘なう魔法の言葉として、積極的に利用した。

本書を改めて読んで印象に残ったのは、各回ともメインテーマが存在し、それをめぐって論が進められながらも、折に触れ披露されるボルヘス一流の考え方がふんだんにちりばめられていることである。たとえば、盲目というテーマからミルトンを挙げるとともに、彼の「すべての人間に通じるテーマ」という概念を紹介する。それはボルヘス文学の概念でもある。つまり彼はミルトンを借りて自分を語っている。しかも自らの独創性を主張するかわりに、先行者を次々と見つけては披露する。あるいは彼は、歴史を等閑視してでも文学を美学的に読むことを勧め、文学に対する情熱や愛の必要性について繰り返し語る。こういうところがともすれば、文学に社会性や政治性を要求されがちなラテンアメリカで、彼の文学は現実から遊離しているという批判を招く原因になるのだろう。だが、彼の信念はその種の批判にはびくともしない。それがまたボルヘスの魅力になっているのだ。

本書のテクストには、語られた言葉特有の飛躍や繰り返しなどが見られる。とはいえ、基本的には彼は思考を語っているのであり、その要素がもたらす硬質な部分や緊張感が存在することも事実である。訳出にあたってはそのあたりも考慮しつつ、なおかつ語りのリズムを作るよう試みたつもりだ。読者には多少不親切でも、説明的になり過ぎることを避けたのはそのためだ。ついでに言えば、事実誤認と思われる個所もある。しかし、それを直してしまうと文脈と齟齬を来たすということもあり、むしろボルヘスの個性的解釈としてできるだけ生かすことにした。「カバラ」の章に関し助言をいただいた秋吉輝雄氏からそのような個所をいくつか指摘されながらも忠実に従わなかったのは、同じ理由によっている。ボルヘスの愛読者なら、このあたりの事情は分かっていただけるだろう。ボルヘスを読むということは、彼が提供する知的ゲームに参加することでもある。たとえば「カバラ」の章を手掛かりにするとき、短篇『死とコンパス』がどのような概念から成り立っているかが、よりはっきりと見えてくるはずだ。

本書同様、ボルヘスの講演録から生まれた本に『ボルヘス、オラル』がある。これは一九七八年にブエノスアイレスのベルグラーノ大学で行なわれた連続講演をまとめたもので、〈時間〉〈書物〉〈不死性〉など、彼が生涯取り憑かれていたテーマを扱っていることや部分的には相補的関係にあるところから、本書の姉妹篇とみなすことも可能だろう。実際、仏語版は二つを一冊に収めている。一方、それが存在していたことに驚かされたのがハーバード大学の講義録である。一九六七年に録音されたテープが約三十年後に見つかり、テープ起こしされた講義が *This Craft of Verse* (Harvard University Press, 2000) という本として出版されたというのは、それこそボルヘス的虚構の世界の出来事のように感じられるが、事実であり、しかも比較的最近邦訳されている(邦訳『ボルヘス、文学を語る』鼓直訳、二〇〇二年、岩波書店。二〇一一年六月刊行の岩波文庫版では『詩という仕事について』に改題)。このアナクロニズムには眩暈《めまい》を覚えるが、彼のオブセッションを扱っている点では後の二冊と共通し、大きな変化がないというのが不思議だ。ボルヘスの記憶が生む引用癖と、オリジナルを変奏して新鮮な印象を生むテクニックも、あちこちに見られる。

たとえば、『七つの夜』の「詩について」で引用されているエマーソンの言葉、「図書館とは魔法にかかった魂をたくさん並べた魔法の部屋である」という件《くだり》が、『詩という仕事について』では「図書館は死者らで満ちあふれた魔の洞窟である」という表現ですでに用いられているのだ。

あるいはボルヘスの魅力のひとつであるちょっぴり皮肉の効いた知的ユーモアに出会うこともできる。「精霊は、聖書だけではない、あらゆる書物を書いたのだ」というバーナード・ショウの言葉を引用しておき、「もちろん、これは精霊にとってもいささか重荷です」と言って笑わせる(『詩という仕事について』第一章「詩という謎」)。また、『七つの夜』では次の個所がとりわけ記憶に残っている。

キルケゴールの恍惚を誰もが味わえるわけではない——また彼自身味わっていたかどうか私は知りません——。その彼がこう言っています、世界の多様性にとって必要な魂が地獄にただひとつあり、それが自分の魂であれば、彼は地獄の底から全能の神を褒め称えるだろう、と。

そのような気持ちを抱くことが容易であるかどうか私には分かりません。キルケゴールが地獄で何分か後に、同じことを考え続けていたかどうか。

(本書、一八五—一八六ページ「第六夜　カバラ」)

こうしたユーモアは聞かせる相手がいてこそ生まれるものだろう。その意味では、講演や講義の語り口ならではのサービスなのかもしれない。

彼がチャーミングなユーモアのセンスの持ち主であることは、来日時に交わした会話の中でも感じられた。投宿先のホテルを朝食前に訪れた、さしたる実績もない若者を、友人のように扱ってくれたのが嬉しくて、一緒に乗ったエレベーターの中でぼくはつい軽口を叩いてしまった。芭蕉庵のことを説明しながら、それをシェルターに喩えたのだ。すると彼は、「では核戦争が起きたら、『源氏物語』と『奥の細道』を持ってそこに逃げ込もうじゃないか」とユーモア(今思えばいささかブラックでもあるが)たっぷりに応えてくれたのである。日本が未曾有の災害に見舞われた今、ボルヘスの言葉を懐かしく思い出す一方、今、彼がいたらどう言うだろう。そんなことを考えた。

本書はJorge Luis Borges, *Siete noches*, Fondo de Cultura Económica, México, 1980. の全訳である。訳出に当たっては一九八〇年版を用いたが、その後手に入った第七刷(一九九二年)と比較したところ若干異同が見つかったので、後者に合わせることにした。

二〇一一年四月

野谷文昭

〔編集付記〕

本書はホルヘ・ルイス・ボルヘス『七つの夜』(野谷文昭訳、みすず書房、一九九七年六月刊行)を文庫化したものである。

(岩波文庫編集部)

七《なな》つの夜《よる》 J. L. ボルヘス著

2011年5月17日　第1刷発行
2011年6月15日　第2刷発行

訳　者　野谷文昭《のやふみあき》

発行者　山口昭男

発行所　株式会社 岩波書店
〒101-8002 東京都千代田区一ツ橋 2-5-5

案内 03-5210-4000　販売部 03-5210-4111
文庫編集部 03-5210-4051
http://www.iwanami.co.jp/

印刷・三陽社　カバー・精興社　製本・桂川製本

ISBN 978-4-00-327924-3　　Printed in Japan

読書子に寄す

——岩波文庫発刊に際して——

岩波茂雄

真理は万人によって求められることを自ら欲し、芸術は万人によって愛されることを自ら望む。かつては民を愚昧ならしめるために学芸が最も狭き堂宇に閉鎖されたことがあった。今や知識と美とを特権階級の独占より奪い返すことはつねに進取的なる民衆の切実なる要求である。岩波文庫はこの要求に応じそれに励まされて生まれた。それは生命ある不朽の書を少数者の書斎と研究室とより解放して街頭にくまなく立たしめ民衆に伍せしめるであろう。近時大量生産予約出版の流行を見る。その広告宣伝の狂態はしばらくおくも、後代にのこすと誇称する全集がその編集に万全の用意をなしたるか。千古の典籍の翻訳企図に敬虔の態度を欠かざりしか。さらに分売を許さず読者を繋縛して数十冊を強うるがごとき、はたしてその揚言する学芸解放のゆえんなりや。吾人は天下の名士の声に和してこれを推挙するに躊躇するものである。このときにあたって、岩波書店は自己の責務のいよいよ重大なるを思い、従来の方針の徹底を期するため、すでに十数年以前より志して来た計画を慎重審議この際断然実行することにした。吾人は範をかのレクラム文庫にとり、古今東西にわたって文芸・哲学・社会科学・自然科学等種類のいかんを問わず、いやしくも万人の必読すべき真に古典的価値ある書をきわめて簡易なる形式において逐次刊行し、あらゆる人間に須要なる生活向上の資料、生活批判の原理を提供せんと欲する。この文庫は予約出版の方法を排したるがゆえに、読者は自己の欲する時に自己の欲する書物を各個に自由に選択することができる。携帯に便にして価格の低きを最主とするがゆえに、外観を顧みざるも内容に至っては厳選最も力を尽くし、従来の岩波出版物の特色をますます発揮せしめようとする。この計画たるや世間の一時の投機的なるものと異なり、永遠の事業として吾人は微力を傾倒し、あらゆる犠牲を忍んで今後永久に継続発展せしめ、もって文庫の使命を遺憾なく果たさしめることを期する。芸術を愛し知識を求むる士の自ら進んでこの挙に参加し、希望と忠言とを寄せられることは吾人の熱望するところである。その性質上経済的には最も困難多きこの事業にあえて当たらんとする吾人の志を諒として、その達成のため世の読書子とのうるわしき共同を期待する。

昭和二年七月

《音楽・美術》

- 新編 ベートーヴェンの手紙 全二冊　小松雄一郎編訳
- ベートーヴェンの生涯　ロマン・ロラン　片山敏彦訳
- 音楽と音楽家　シューマン　吉田秀和訳
- モーツァルトの手紙 —その生涯のロマン　全二冊　柴田治三郎編訳
- レオナルド・ダ・ヴィンチの手記　全二冊　杉浦明平訳
- ゴッホの手紙　全三冊　硲伊之助訳
- 河鍋暁斎戯画集　山口静一・及川茂編
- 『パンチ』素描集 —一九世紀のロンドン　松村昌家編
- 近代日本漫画百選　清水勲編
- うるしの話　松田権六
- 河鍋暁斎　ジョサイア・コンドル　山口静一訳
- 伽藍が白かったとき　ル・コルビュジエ　生田勉・樋口清訳
- デューラー ネーデルラント旅日記　前川誠郎訳
- デューラー 自伝と書簡　前川誠郎訳
- 蛇儀礼　ヴァールブルク　三島憲一訳
- セザンヌ　ガスケ　與謝野文子訳
- 日本の近代美術　土方定一
- 建築の七灯　ラスキン　高橋枀川訳

《哲学・教育・宗教》

- ソクラテスの弁明・クリトン　プラトン　久保勉訳
- ゴルギアス　プラトン　加来彰俊訳
- 饗宴　プラトン　久保勉訳
- テアイテトス　プラトン　田中美知太郎訳
- パイドロス　プラトン　藤沢令夫訳
- メノン　プラトン　藤沢令夫訳
- 国家　全二冊　プラトン　藤沢令夫訳
- プロタゴラス —ソフィストたち　プラトン　藤沢令夫訳
- 法律　全二冊　プラトン　森進一・池田美恵・加来彰俊訳
- パイドン —魂の不死について　プラトン　岩田靖夫訳
- アナバシス —敵中横断六〇〇〇キロ　クセノポン　松平千秋訳
- アリストテレス ニコマコス倫理学　全二冊　高田三郎訳
- アリストテレス 形而上学　全二冊　出隆訳
- アリストテレス 弁論術　戸塚七郎訳
- アリストテレース 詩学・ホラーティウス 詩論　松本仁助・岡道男訳
- アリストテレース 動物誌　全二冊　島崎三郎訳
- 人生の短さについて 他二篇　セネカ　茂手木元蔵訳
- 怒りについて 他二篇　セネカ　兼利琢也訳
- 人さまざま　テオプラストス　森進一訳
- マルクス・アウレーリウス 自省録　神谷美恵子訳
- 老年について　キケロー　中務哲郎訳
- 友情について　キケロー　中務哲郎訳
- 弁論家について　全二冊　キケロー　大西英文訳
- キケロー弁論集　小川正廣・谷栄一郎・山沢孝至訳
- キケロー書簡集　高橋宏幸編
- 方法序説　デカルト　谷川多佳子訳
- 哲学原理　デカルト　桂寿一訳
- 情念論　デカルト　谷川多佳子訳
- パスカル 科学論文集　松浪信三郎訳
- スピノザ エチカ (倫理学)　全二冊　畠中尚志訳
- ニュー・アトランティス　ベーコン　川西進訳

- ハイラスとフィロナスの三つの対話　バークリ　戸田剛文訳
- 市民の国について　全二冊　ヒューム　小松茂夫訳
- 聖トマス形而上学叙説 —有と本質とに就いて　高桑純夫訳
- 君主の統治について —謹んでキプロス王に捧げる　トマス・アクィナス　柴田平三郎訳
- エミール　全三冊　ルソー　今野一雄訳
- 孤独な散歩者の夢想　ルソー　今野一雄訳
- 人間不平等起原論　ルソー　本田喜代治　平岡昇訳
- 社会契約論　ルソー　桑原武夫　前川貞次郎訳
- ディドロ絵画について　佐々木健一訳
- 道徳形而上学原論　カント　篠田英雄訳
- 啓蒙とは何か　他四篇　カント　篠田英雄訳
- 純粋理性批判　全三冊　カント　篠田英雄訳
- カント実践理性批判　波多野精一　宮本和吉　篠田英雄訳
- 判断力批判　全二冊　カント　篠田英雄訳
- 永遠平和のために　カント　宇都宮芳明訳
- プロレゴメナ　カント　篠田英雄訳
- 歴史哲学講義　全二冊　ヘーゲル　長谷川宏訳

- 自殺について　他四篇　ショウペンハウエル　斎藤信治訳
- 読書について　他二篇　ショウペンハウエル　斎藤忍随訳
- 知性について　他四篇　ショーペンハウエル　細谷貞雄訳
- 将来の哲学の根本命題　他二篇　フォイエルバッハ　松村一人　和田楽訳
- 不安の概念　キェルケゴール　斎藤信治訳
- 死に至る病　キェルケゴール　斎藤信治訳
- 西洋哲学史　全二冊　シュヴェーグラー　谷川徹三　松村一人訳
- 眠られぬ夜のために　全二冊　ヒルティ　草間平作　大和邦太郎訳
- 幸福論　全三冊　ヒルティ　草間平作　大和邦太郎訳
- 悲劇の誕生　ニーチェ　秋山英夫訳
- ツァラトゥストラはこう言った　全二冊　ニーチェ　氷上英廣訳
- 道徳の系譜　ニーチェ　木場深定訳
- 善悪の彼岸　ニーチェ　木場深定訳
- この人を見よ　ニーチェ　手塚富雄訳
- プラグマティズム　W・ジェイムズ　桝田啓三郎訳
- 宗教的経験の諸相　全二冊　W・ジェイムズ　桝田啓三郎訳
- 心理学　全二冊　W・ジェームズ　今田寛訳

- 純粋経験の哲学　W・ジェイムズ　伊藤邦武編訳
- デカルト的省察　フッサール　浜渦辰二訳
- 芸術哲学　ジンメル　斎藤栄治訳
- 笑い　ベルクソン　林達夫訳
- 思想と動くもの　ベルクソン　河野与一訳
- 時間と自由　ベルクソン　中村文郎訳
- 人間認識起源論　全二冊　コンディヤック　古茂田宏訳
- ラッセル教育論　安藤貞雄訳
- ラッセル幸福論　安藤貞雄訳
- 存在と時間　全三冊　ハイデガー　桑木務訳
- 哲学の改造　ジョン・デューウィ　清水幾太郎　清水禮子訳
- 学校と社会　デューイ　宮原誠一訳
- 民主主義と教育　全二冊　デューイ　松野安男訳
- 我と汝・対話　マルティン・ブーバー　植田重雄訳
- 音楽家訪問 —ベートーヴェンのヴァイオリンソナタ　アラン　杉本秀太郎訳
- アラン幸福論　神谷幹夫訳
- アラン定義集　神谷幹夫訳

- 言語 ―その本質・発達・起源 全二冊　イェスペルセン　三宅鴻訳
- 文法の原理 全三冊　イェスペルセン　安藤貞雄訳
- 日本の弓術　オイゲン・ヘリゲル述　柴田治三郎訳
- ギリシア哲学者列伝 全三冊　ディオゲネス・ラエルティオス　加来彰俊訳
- 愛をめぐる対話 他三篇　プルタルコス　柳沼重剛訳
- 夢の世界　ハヴロック・エリス　藤島昌平訳
- 衣服哲学　カーライル　石田憲次訳
- シンボル形式の哲学 全四冊　カッシーラー　生松敬三・木田元訳
- 比較言語学入門　高津春繁
- 太陽の都　カンパネッラ　近藤恒一訳
- ギリシア宗教発展の五段階　ギルバァト・マレー　藤田健治訳
- ロドリゲス日本語小文典 全二冊　池上岑夫訳
- ソクラテス以前以後　F・M・コーンフォード　山田道夫訳
- 日本語の系統　服部四郎
- 言語 ―ことばの研究序説　エドワード・サピア　安藤貞雄訳
- 連続性の哲学　パース　伊藤邦武編訳
- 論理哲学論考　ウィトゲンシュタイン　野矢茂樹訳

- 自由と社会的抑圧　シモーヌ・ヴェイユ　冨原眞弓訳
- 根をもつこと 全二冊　シモーヌ・ヴェイユ　冨原眞弓訳
- 全体性と無限 全二冊　レヴィナス　熊野純彦訳
- 啓蒙の弁証法 ―哲学的断想　M・ホルクハイマー　T・W・アドルノ　徳永恂訳
- 共同存在の現象学　レーヴィット　熊野純彦訳
- フランス革命期の公教育論　コンドルセ他　阪上孝編訳
- 隠者の夕暮・シュタンツだより　ペスタロッチー　長田新訳
- 旧約聖書 創世記　関根正雄訳
- 旧約聖書 出エジプト記　関根正雄訳
- 旧約聖書 ヨブ記　関根正雄訳
- 新約聖書 福音書　塚本虎二訳
- キリストにならいて　トマス・ア・ケンピス　大沢章・呉茂一訳
- 聖アウグスティヌス 告白 全二冊　服部英次郎訳
- アウグスティヌス 神の国 全五冊　服部英次郎・藤本雄三訳
- アウグスティヌス 省察と箴言　ハルナック編　服部英次郎訳
- 新訳 キリスト者の自由・聖書への序言　マルティン・ルター　石原謙訳
- イエス伝　ルナン　津田穣訳

- 聖なるもの　オットー　久松英二訳
- コーラン 全三冊　井筒俊彦訳
- コリャード 懺悔録　大塚光信校注
- エックハルト説教集　田島照久編訳
- 聖フランシスコ・デ・サビエル書翰抄 全二冊　アルーペ神父　井上郁二訳
- シレジウス瞑想詩集 全二冊　植田重雄・加藤智見訳
- 神を観ることについて 他二篇　クザーヌス　八巻和彦訳

《東洋文学》

王維詩集　小川環樹・都留春雄・入谷仙介 選訳
杜詩 全八冊　鈴木虎雄・黒川洋一 訳註
杜甫詩選　黒川洋一編
李白詩選　松浦友久編訳
李長吉歌詩集 全二冊　鈴木虎雄注解
李賀詩選　黒川洋一編
蘇東坡詩選　小川環樹・山本和義 選訳
陶淵明全集 全二冊　松枝茂夫・和田武司 訳注
唐詩選 全三冊　前野直彬注解
玉台新詠集 全三冊　鈴木虎雄訳解
唐詩概説　小川環樹
宋詩概説　吉川幸次郎
元明詩概説　吉川幸次郎
完訳 三国志 全八冊　小川環樹・金田純一郎訳
金瓶梅 全十冊　小野忍・千田九一訳
完訳 水滸伝 全十冊　吉川幸次郎・清水茂訳

紅楼夢 全十二冊　曹雪芹・高蘭墅補　松枝茂夫訳
西遊記 全十冊　中野美代子訳
菜根譚　洪自誠　今井宇三郎訳注
阿Q正伝・狂人日記 他十二篇　魯迅　竹内好訳
魯迅評論集　竹内好編訳
駱駝祥子 —らくだのシアンツ　老舎　立間祥介訳
笑府 全二冊 —中国笑話集　馮夢竜撰　松枝茂夫訳
中国名詩選 全三冊　松枝茂夫編
棠《とう》陰《いん》比《ひ》事《じ》　桂万栄編　駒田信二訳
遊仙窟　張文成　今村与志雄訳
通俗古今奇観 —付 月下清談　淡斎主人訳　青木正児校註
聊斎志異 全二冊　蒲松齢　立間祥介編訳
陸游詩選　一海知義編
李商隠詩選　川合康三選訳
マハーバーラタ ナラ王物語 —ダマヤンティー姫の数奇な生涯　鎧淳訳
バガヴァッド・ギーター　上村勝彦訳
朝鮮童謡選　金素雲訳編

朝鮮詩集　金素雲訳編
朝鮮短篇小説選 全二冊　大村益夫・長璋吉・三枝壽勝編訳
アイヌ神謡集　知里幸惠編訳
アイヌ民譚集 —付 えぞおばけ列伝　知里真志保編訳
サキャ格言集　今枝由郎訳

《ギリシア・ラテン文学》

ホメロス イリアス 全二冊　松平千秋訳
ホメロス オデュッセイア 全二冊　松平千秋訳
四つのギリシャ神話 —「ホメーロス讃歌」より　逸身喜一郎・片山英男訳
イソップ寓話集　中務哲郎訳
アイスキュロス アガメムノーン　久保正彰訳
ソポクレース アンティゴネー　呉茂一訳
ソポクレス オイディプス王　藤沢令夫訳
ヘシオドス 神統記　廣川洋一訳
アリストパネース 女の平和 —リューシストラテー　高津春繁訳
アポロドーロス ギリシア神話　高津春繁訳
ルーキアーノス 遊女の対話 他三篇　高津春繁訳

ギリシア・ローマ抒情詩選 —花冠　呉茂一訳
アエネーイス 全二冊　ウェルギリウス　泉井久之助訳
アベラールとエロイーズ 愛の往復書簡　沓掛良彦・横山安由美訳
オウィディウス 変身物語 全二冊　中村善也訳
恋愛指南 —アルス・アマトリア　オウィディウス　沓掛良彦訳
ギリシア奇談集　アイリアノス　松平千秋・中務哲郎訳
ギリシア・ローマ神話 —付 インド・北欧神話　ブルフィンチ　野上弥生子訳
ギリシア・ローマ名言集　柳沼重剛編
ギリシア恋愛小曲集　中務哲郎訳

《南北ヨーロッパ他文学》

ダンテ 神曲 全三冊　山川丙三郎訳
死の勝利 全二冊　ダヌンツィオ　野上素一訳
カヴァレリーア・ルスティカーナ 他十一篇　ヴェルガ　河島英昭訳
イタリア民話集 全二冊　河島英昭編訳
むずかしい愛　カルヴィーノ　和田忠彦訳
パロマー　カルヴィーノ　和田忠彦訳
愛神の戯れ —牧歌劇『アミンタ』　トルクァート・タッソ　鷲平京子訳

タッソ エルサレム解放　A.ジュリアーニ編　鷲平京子訳
ペトラルカ ルネサンス書簡集　近藤恒一編訳
わが秘密　ペトラルカ　近藤恒一訳
ペトラルカ＝ボッカッチョ往復書簡　近藤恒一編訳
ペトラルカ 無知について　近藤恒一訳
故郷　パヴェーゼ　河島英昭訳
美しい夏　パヴェーゼ　河島英昭訳
山猫　トマージ・ディ・ランペドゥーサ　小林惺訳
ラサリーリョ・デ・トルメスの生涯　会田由訳
ドン・キホーテ 全六冊　セルバンテス　牛島信明訳
セルバンテス短篇集　牛島信明編訳
三角帽子 他二篇　アラルコン　会田由訳
葦と泥 —付 バレンシア物語　ブラスコ・イバニェス　高橋正武訳
恐ろしき媒　ホセ・エチェガライ　永田寛定訳
作り上げた利害　ベナベンテ　永田寛定訳
エル・シードの歌　長南実訳
オルメードの騎士　ロペ・デ・ベガ　長南実訳

完訳アンデルセン童話集 全七冊　大畑末吉訳
絵のない絵本　アンデルセン　大畑末吉訳
フィンランド叙事詩 カレワラ 全二冊　リョンロット編　小泉保訳
イプセン 人形の家　原千代海訳
イプセン ヘッダ・ガーブレル　原千代海訳
ポルトガリヤの皇帝さん　ラーゲルレーヴ　イシガオサム訳
アルプスの山の娘(ハイヂ)　ヨハンナ・スピリ　野上弥生子訳
クォ・ワディス 全三冊　シェンキェーヴィチ　木村彰一訳
兵士シュヴェイクの冒険 全四冊　ハシェク　栗栖継訳
山椒魚戦争　カレル・チャペック　栗栖継訳
ロボット(R・U・R)　チャペック　千野栄一訳
オルトウタイ ハンガリー民話集　徳永康元・石本礼子・岩崎悦子・粂栄美子編訳
完訳 千一夜物語 全十三冊　豊島与志雄・渡辺一夫・佐藤正彰・岡部正孝訳
ルバイヤート　オマル・ハイヤーム　小川亮作訳
中世騎士物語　ブルフィンチ　野上弥生子訳
コルタサル短篇集 悪魔の涎・追い求める男 他八篇　木村榮一訳
伝奇集　J・L・ボルヘス　鼓直訳

創造者　J.L.ボルヘス　鼓直訳
続審問　J.L.ボルヘス　中村健二訳
フエンテス短篇集 アウラ・純な魂 他四篇　木村榮一訳
グアテマラ伝説集　M.A.アストゥリアス　牛島信明訳
アフリカ農場物語 全二冊　オリーヴ・シュライナー　大井真理子・都築忠七訳

《ロシア文学》

バナーエフ 文学的回想 全二冊　井上満訳
オネーギン　プーシキン　池田健太郎訳
スペードの女王・ベールキン物語　プーシキン　神西清訳
大尉の娘　プーシキン　神西清訳
プーシキン詩集　金子幸彦訳
狂人日記 他二篇　ゴーゴリ　横田瑞穂訳
外套・鼻　ゴーゴリ　平井肇訳
死せる魂 全三冊　ゴーゴリ　平井肇・横田瑞穂訳
オブローモフ 全三冊　ゴンチャロフ　米川正夫訳
現代の英雄　レールモントフ　中村融訳
ムツイリ・悪魔　レールモントフ　一条正美訳

ロシヤは誰に住みよいか　ネクラーソフ　谷耕平訳
デカブリストの妻　ネクラーソフ　谷耕平訳
二重人格　ドストエフスキー　小沼文彦訳
罪と罰 全三冊　ドストエフスキー　江川卓訳
白痴 全二冊　ドストエーフスキイ　米川正夫訳
カラマーゾフの兄弟 全四冊　ドストエーフスキイ　米川正夫訳
家族の記録　アクサーコフ　黒田辰男訳
釣魚雑筆　アクサーコフ　貝沼一郎訳
アンナ・カレーニナ 全三冊　トルストイ　中村融訳
少年時代　トルストイ　藤沼貴訳
戦争と平和 全六冊　トルストイ　藤沼貴訳
民話集 人はなんで生きるか 他四篇　トルストイ　中村白葉訳
民話集 イワンのばか 他八篇　トルストイ　中村白葉訳
イワン・イリッチの死　トルストイ　米川正夫訳
人生論　トルストイ　中村融訳
紅い花 他四篇　ガルシン　神西清訳
かもめ　チェーホフ　浦雅春訳

可愛い女・犬を連れた奥さん 他一篇　チェーホフ　神西清訳
桜の園　チェーホフ　小野理子訳
六号病棟・退屈な話 他五篇　チェーホフ　松下裕訳
サハリン島 全二冊　チェーホフ　中村融訳
カシタンカ・ねむい 他七篇　チェーホフ　神西清訳
子どもたち・曠野 他十篇　チェーホフ　松下裕訳
ともしび・谷間 他七篇　チェーホフ　松下裕訳
悪い仲間・マカールの夢 他一篇　コロレンコ　中村融訳
どん底　ゴーリキイ　中村白葉訳
芸術におけるわが生涯 全三冊　スタニスラフスキー　蔵原惟人・江川卓訳
イワン・デニーソヴィチの一日　ソルジェニーツィン　染谷茂訳
ソルジェニーツィン短篇集　木村浩編訳
ゴロヴリョフ家の人々 全二冊　シチェードリン　湯浅芳子訳
何をなすべきか 全二冊　チェルヌイシェーフスキイ　金子幸彦訳
完訳クルイロフ寓話集　内海周平訳

岩波文庫の最新刊

プルースト／吉川一義訳

失われた時を求めて2
スワン家のほうへII

社交界の寵児スワンと、粋筋の女《ココット》オデットとの苦い恋の駆け引き。二人の娘ジルベルトに向ける幼い「私」の思慕——二つの恋の回想。好評の新訳第二巻。

〔赤N五一一-二〕 **定価九八七円**

下定雅弘編訳

柳宗元詩選

中唐の詩人柳宗元は僻遠の地に左遷される。詩人の心を癒したのは貶謫の地の自然だった。稀有な詩人は窮境を乗り越え、ついに人間の真実に至る。魂の遍歴を綴る詩篇。

〔赤四三-一〕 **定価八八二円**

サミュエル・ジョンソン／朱牟田夏雄訳

幸福の探求
—アビシニアの王子ラセラスの物語—

真の幸福とは何か。ボズウェルによる伝記でその名を知られる十八世紀英国の傑物ジョンソン博士(一七〇九—一七八四)が、物語の形でその人生哲学を述べる。

〔赤二一四-四〕 **定価六九三円**

J.L.ボルヘス／野谷文昭訳

七つの夜

一九七七年七七歳の著者が七夜にわたって行った七つの講演——「神曲」「悪夢」「千一夜物語」「仏教」「詩について」「カバラ」「盲目について」。格好のボルヘス入門。

〔赤七九二-四〕 **定価七五六円**

D.O.ヘッブ／鹿取廣人、金城辰夫、鈴木光太郎、鳥居修晃、渡邊正孝訳

行動の機構(下)
—脳メカニズムから心理学へ—

こころの働きと神経シナプスの関わりを論じた書として研究史上きわめて重要な作品。下巻では、行動の動機づけ、情動障害や知能発達を論じる。(全二冊)

〔青九四七-二〕 **定価八八二円**

……今月の重版再開……

スウィフト／深町弘三訳
桶物語・書物戦争 他一篇
定価七五六円 〔赤二〇九-一〕

清水勲編
ビゴー日本素描集
定価六九三円 〔青五五六-一〕

モーム／海保眞夫訳
夫が多すぎて
定価六三〇円 〔赤二五四-九〕

清水勲編
続 ビゴー日本素描集
定価六九三円 〔青五五六-二〕

定価は消費税5%込です　2011.5.

岩波文庫の最新刊

横井也有／堀切実校注
鶉衣（うずらごろも）(下)
尾張藩の重臣から自由な隠遁生活へ。俳文の名手・也有の眼が見いだす俗の中の雅。日常や老いの感慨・友に請われた文・旅行記など、続編・拾遺の一一九篇を収録。
〔黄二一五-二〕 **定価九八七円**

J・L・ボルヘス／鼓 直訳
詩という仕事について
詩の翻訳、メタファーの使われ方、物語りの方法についてなど、フィクションの本質を構成する「詩的なるもの」をめぐる二十世紀文学の巨人ボルヘスによる文学講義。
〔赤七九二-五〕 **定価六九三円**

池原止戈夫、彌永昌吉、室賀三郎、戸田巌訳
ウィーナー サイバネティックス
—動物と機械における制御と通信—

心の働きから生命や社会までをダイナミックな制御システムとして捉えようとした先駆的な書。書名そのものが新しい学問領域を創成し、今なお多大な影響を与える。

〔青九四八-一〕 **定価一一三四円**

中村邦生編
ポケットアンソロジー この愛のゆくえ
愛といっても種々さまざま。D・レッシング、岡本かの子、カルヴィーノ、三島由紀夫、R・ギャリ、吉田知子、ユルスナールなど、愛の諸相を垣間見させる二六篇。
〔別冊二二〕 **定価九八七円**

和辻哲郎
日本倫理思想史 (二)
壮大な日本倫理思想の通史。本巻では平安末から室町、武家が台頭し、新仏教が興った時代の「献身の道徳」「慈悲の思想」などを抽出。(注・解説＝木村純二)
〔青一四四-一五〕 **定価一二六〇円**

……今月の重版再開……

泉 鏡花
海神別荘 他二篇
〔緑二七-一五〕 **定価四八三円**

長 幸男校注
雨《あま》夜《よ》譚《がたり》—渋沢栄一自伝
〔青一七〇-一〕 **定価九四五円**

コンラッド／土岐恒二訳
密偵
〔赤二四八-二〕 **定価一〇〇八円**

福地桜痴／佐々木潤之介校注
幕末政治家
〔青一八六-一〕 **定価九四五円**